LA VILLA DU CAP D'ANTIBES

Série « Brigade Mondaine »

DU MÊME AUTEUR
CHEZ LE MÊME ÉDITEUR

(Pages à découper ou à copier)

Je souhaite recevoir :

☐ Le catalogue complet

☐ Les volumes ci-dessous cochés au prix de 35 F l'unité, soit :

…… livres à 35 F = ……

+ frais de port (1 à 3 vol. : 15 F ; 4 vol. et plus : 25 F) = ……

Total : ……

Nom : ....Prénom : ....

Adresse : ....

....

Code postal : ....Ville : ....

Paiement par chèque à :
GECEP – Éditions Vauvenargues
14, rue Léonce Reynaud – 75116 PARIS
(* Titres épuisés)

N° 1 : LE MONSTRE D'ORGEVAL
N° 2 : LE CARROUSEL DE LA PLEINE LUNE
N° 3 : L'ABOMINABLE BLOCKHAUS
N° 4 : LES SÉMINAIRES D'AMOUR
N° 5 : LE MARCHÉ AUX ORPHELINES
N° 6 : L'HÉROÏNE EN OR MASSIF
N° 7 : UN CHANTAGE TRÈS SPÉCIAL
N° 8 : LES REQUINS DE L'ÎLE D'AMOUR
N° 9 : LA CITÉ DES DISPARUS
N° 10 : LE CYGNE DE BANGKOK
* N° 11 : LA MANTE RELIGIEUSE
* N° 12 : LE JEU DU CAVALIER
* N° 13 : LA CROISIÈRE INTERDITE
* N° 14 : LE HAREM DE MARRAKECH

* N° 15 : LA MAISON DES MAUDITES
* N° 16 : LA PERMISSION DE MINUIT
* N° 17 : LES CAPRICES DE VANESSA
* N° 18 : LA VIPÈRE DES CARAÏBES
* N° 19 : LE VOYOU DE MONTPARNASSE
* N° 20 : LES FILLES DE MONSEIGNEUR
* N° 21 : LA NUIT ARABE DE MONACO
* N° 22 : LA FERMIÈRE DU VICOMTE
* N° 23 : LA PUNITION DE L'AMBASSADEUR
* N° 24 : LA SECTE DES AMAZONES
* N° 25 : LES SIRÈNES DE L'AUTOROUTE
* N° 26 : LE BOUDDHA VIVANT
* N° 27 : LA PLANCHETTE BULGARE
* N° 28 : LE PRISONNIER DE BEAUBOURG
* N° 29 : LES ESCLAVES DE LA NUIT
* N° 30 : LES POUPÉES CHINOISES
* N° 31 : LES SACRIFIÉS DU SOLEIL
* N° 32 : L'EXÉCUTRICE
* N° 33 : LA PRÊTRESSE DU PHARAON
* N° 34 : UN CANAL ROSE POUR CIBISTE
* N° 35 : LES FANATIQUES DE LA VIDÉO
* N° 36 : LES ANGES DE PIGALLE
* N° 37 : SOSIES SUR MESURE
* N° 38 : LA MARQUE DU TAUREAU
* N° 39 : L'ÎLE AUX FEMMES
* N° 40 : LA CHÂTELAINE DE L'ORDRE NOIR
* N° 41 : LA PRINCESSE DES CATACOMBES
* N° 42 : LA DISPARUE DE SUNSET BOULEVARD
* N° 43 : LE PARFUM DE LA DAME EN GRIS
* N° 44 : LES FEMMES MYGALES DE LA CÔTE D'IVOIRE
* N° 45 : LA DANSE DES COUTEAUX
* N° 46 : LES AMANTS DE SINGAPOUR
* N° 47 : LA VEUVE DU LAC
* N° 48 : LES FANTASMES DU NOTABLE
* N° 49 : LA BÊTE DU LUBÉRON
* N° 50 : CARNAVAL À VENISE
* N° 51 : LES NUITS BLANCHES DE LA TOUR EIFFEL
* N° 52 : LOVE TÉLÉPHONE
* N° 53 : GOLF-PARTY
* N° 54 : L'ENFER DU COLLECTIONNEUR
* N° 55 : LES SOMNAMBULES DU DOCTEUR MARLY
* N° 56 : LES ENVOÛTÉS DU MARABOUT
* N° 57 : LA TUEUSE D'HOMMES
* N° 58 : LA DIVA DU BOIS DE BOULOGNE
* N° 59 : LA FOLIE DE BARBE-BLEUE
* N° 60 : LE MANIAQUE DU PARKING
* N° 61 : LE BATEAU DES FILLES PERDUES

* N° 62 : LE DÉMON DU PEEP-SHOW
* N° 63 : LES CHASSEURS DE MIREILLE
* N° 64 : LA PLAGE AUX NYMPHES
* N° 65 : NUITS DE CHINE
N° 66 : LA FILIÈRE MEXICAINE
* N° 67 : LES SECRETS DE MADAME MAUD
N° 68 : LA FEMME MASQUÉE
N° 69 : TRANSPORT DE FILLES
N° 70 : LA SECRÉTAIRE DU PATRON
N° 71 : LA PANTHÈRE DES PALACES
* N° 72 : LES PROFANATRICES
* N° 73 : LA TENTATION DE CAROLINE
* N° 74 : LA LOUVE DES BEAUX QUARTIERS
* N° 75 : LES STRIP-TEASEUSES DU PETIT ÉCRAN
* N° 76 : LES MAÎTRESSES FEMMES DE SAINT-TROPEZ
N° 77 : LE RODÉO DU PLAISIR
N° 78 : LES PROIES DU COMMANDO
N° 79 : LA FEMME-FAUCON
N° 80 : LA TIREUSE D'ÉLITE
N° 81 : LES VOIX DU DÉSIR
N° 82 : LES TAXIS DE L'AMOUR
N° 83 : L'ALLUMEUSE
N° 84 : MAÎTRE ET ESCLAVE
N° 85 : GIGOLO STORY
N° 86 : LA CAVALIÈRE DE L'APOCALYPSE
* N° 87 : LES JEUX DÉFENDUS DE LA PRÉSIDENTE
* N° 88 : L'ÉVENTREUR AUX YEUX D'OR
* N° 89 : JEUNE FILLE AU PAIR
N° 90 : L'INCONNU DU TRAIN BLEU
* N° 91 : LA CALL-GIRL DE MONTRÉAL
N° 92 : LA GRANDE BOURGEOISE
* N° 93 : LE PIÈGE ESPAGNOL
N° 94 : CLUB PRIVÉ
N° 95 : LA SORCIÈRE DE POMPÉI
* N° 96 : VENGEANCE DE FEMME
* N° 97 : LA DEMOISELLE DE PETITE VERTU
* N° 98 : LE VAMPIRE DE BOURGOGNE
* N° 99 : LA CHIENNE DE LUXE
* N° 100 : L'ÉTALON DE SAUMUR
* N° 101 : FIANCÉES SUR CATALOGUE
* N° 102 : LA SIRÈNE DU LOCH NESS
* N° 103 : L'OGRE DE LA BAIE DES ANGES
* N° 104 : LES AMANTS MAUDITS
* N° 105 : LA VÉNUS DE BELLE-ÎLE
* N° 106 : LA BELLE DU CAP D'AGDE
* N° 107 : LE JUSTICIER DU BOIS DE BOULOGNE
* N° 108 : ÉCHANGE DE FEMMES

N° 109 : LES NOCES INFERNALES
N° 110 : LA VIE CACHÉE DU BANQUIER
N° 111 : L'APPRENTIE SORCIÈRE
N° 112 : DERNIER ROUND À MARSEILLE
N° 113 : LES JARDINS DU PLAISIR
N° 114 : DÉLIT D'INITIÉE
N° 115 : LE GRAND PRÊTRE DES ARDENNES
N° 116 : LES PASSIONS DU COLLECTIONNEUR
*N° 117 : LA PAPESSE D'AVIGNON
N° 118 : LES BALLETS ROSES DE SAINT-MALO
N° 119 : LA LETTRE DE L'ENFER
N° 120 : FANTASIA POUR ROCK STAR
*N° 121 : L'ENRAGÉE DU CERCLE POLAIRE
*N° 122 : LE CLUB DES GIRONDINES
*N° 123 : LA POSSÉDÉE DE SÉVILLE
N° 124 : LA REINE DU SCOOP
*N° 125 : LE TOUR DE FRANCE DU TUEUR DES PLAGES
N° 126 : LA PUCELLE D'ORLÉANS
*N° 127 : LE PARC AUX LOUPS
*N° 128 : LA RELIGIEUSE DE BUDAPEST
*N° 129 : LES DÉLIRES DE L'INSOMNIAQUE
*N° 130 : LA LOLITA DU TGV
*N° 131 : LES CHASSES DE LA GRANDE CHARTREUSE
*N° 132 : LA DAME DE SHANGHAI
*N° 133 : LA LOI DU TALION
N° 134 : LE BON PLAISIR DU ROI
N° 135 : LES NUITS BLANCHES DE SAINT-PÉTERSBOURG
N° 136 : UN CIRQUE D'ENFER
N° 137 : LES FRASQUES DU NOTAIRE
*N° 138 : RÉSEAU EXTRA-CONJUGAL
*N° 139 : NOTRE-DAME DE CHARTRES
*N° 140 : LES FAVORITES DU GRAND TURC
N° 141 : L'ARCHANGE DE FLORENCE
N° 142 : LE FANTÔME DE L'OPÉRA
N° 143 : LA DAME DE COMPAGNIE
N° 144 : LE CHOUCHOU DE LA PROF
*N° 145 : SIMPLE DAMES À ROLAND-GARROS
N° 146 : PARFUM DE STAR
*N° 147 : DÉRAPAGE EN FORMULE 1
N° 148 : LES CHARMES DU BIZUTAGE
N° 149 : POUPÉES SLAVES SANS VISA
N° 150 : LES CHAÎNES DE LA PASSION
N° 151 : NOBLESSE OBLIGE
N° 152 : L'HOMME EN NOIR
N° 153 : PAQUET-CADEAU POUR GENTLEMEN
N° 154 : DANSEUSES À DOMICILE
N° 155 : LE FAUVE DE L'OMBRE

N° 156 : LA SCANDALEUSE DE LA CROISETTE
N° 157 : LE SAUVAGE DE LA FRANCILIENNE
N° 158 : BACCHANALES POUR UN MUTANT
N° 159 : LE COUP DU PLAGISTE
N° 160 : LE CALVAIRE DE CHARLES-HENRY
N° 161 : LA PIEUVRE DE BIARRITZ
N° 162 : LES DÉBORDEMENTS DE M. LE MAIRE
N° 163 : LE BOUCHER DE LA RUE DES ÉCOLES
N° 164 : LA VIERGE ÉTERNELLE
N° 165 : LE FEU DES ENCHÈRES
N° 166 : LA NURSE DU PROMOTEUR
N° 167 : LA PETITE REINE DU TOUR
N° 168 : LE DÉMON DE MINUIT
N° 169 : LA VESTALE DU TEMPLE LUNAIRE
N° 170 : SECRETS DE FAMILLE
N° 171 : LA DRAG-QUEEN DE WESTMINSTER
N° 172 : LE COMPLOT DES VEUVES
N° 173 : LE PONT DES SOUPIRS
N° 174 : LE BAL DES SORCIÈRES
N° 175 : LES SŒURS DIABOLIQUES
N° 176 : BONS BAISERS DE ROISSY
N° 177 : BAGATELLE POUR PHOTOGRAPHE
N° 178 : LA DEÉSSE DE KATMANDOU
N° 179 : MIRAGE POUR PRIX DE BEAUTÉ
N° 180 : LES AVENTURIÈRES DU TROPHÉE PERDU
* N° 181 : LA GRIFFE DE L'ANGE
* N° 182 : CYCLONE À L'ÎLE MAURICE
* N° 183 : LA MORSURE DU RENARD
* N° 184 : LA PASSE SECRÈTE DU TORERO
* N° 185 : LE PHILTRE D'AMOUR
* N° 186 : LE TRAQUENARD INDONÉSIEN
* N° 187 : LE SEIGNEUR D'AUDIERNE
* N° 188 : LA CLINIQUE DU DOCTEUR MOREAU
* N° 189 : LA MASCOTTE DU MONDIAL
* N° 190 : LA FEMME INTERDITE
* N° 191 : LE COUP DE FOLIE D'EMMANUELLE
* N° 192 : LE MUSÉE SECRET
* N° 193 : GEISHA SUR CANAPÉS
* N° 194 : ESCAPADES PRÉSIDENTIELLES
N° 195 : LE LOUP DANS LA BERGERIE
* N° 196 : LES BICHES DE RAMBOUILLET
* N° 197 : LA PISTE DE LA FÉLINE
N° 198 : LE FIL DU RASOIR
N° 199 : LE TRAVESTI D'HALLOWEEN
N° 200 : LES SORTILÈGES DU CASTRAT
N° 201 : L'ÉNIGME DU GRAND HÔTEL
N° 202 : SECRETS D'ALCOVE

N° 203 : UNE CERTAINE MADAME EDWARDA
N° 204 : LA DIABLESSE DES ALPILLES
N° 205 : LES FILLES DE FRANKENSTEIN

MICHEL BRICE

BRIGADE MONDAINE

LA VILLA DU CAP D'ANTIBES

VAUVENARGUES

Les dossiers Brigade Mondaine de cette collection sont fondés sur des éléments absolument authentiques. Toutefois, pour les révéler au public, nous avons dû modifier les notions de temps et de lieu ainsi que les noms des personnages.

Par conséquent, toute ressemblance avec des personnes existantes ou ayant existé serait totalement involontaire et ne relèverait que du hasard...

Illustration couverture : Loris

ISBN 2-7443-0389-5

CHAPITRE PREMIER

Le bandeau noir qui enserrait la tête de la fille et la rendait provisoirement aveugle glissa d'un seul coup. Alma cligna plusieurs fois des paupières comme un hibou ébloui par les phares d'une voiture. Puis elle écarquilla les yeux et ouvrit la bouche de stupéfaction.

— Oh ! fit-elle. Ce... ce est magnifique !

Bien qu'elle eût débarqué de son Albanie natale presque un an auparavant, Alma Slovia ne bredouillait encore que quelques mots de français. Ça lui suffisait pour se débrouiller. De toute façon, elle était trop heureuse d'être parvenue jusqu'ici et avait une tendance un peu naïve à considérer comme un cadeau du ciel le moindre petit événement de sa vie en France. Ça pouvait se comprendre. Alma Stovia avait eu la malchance de naître à Mitrovica, dans la communauté albanaise du Kosovo : une catégorie humaine qu'un certain Milosevic, dictateur serbe de son état, avait récemment décidé de rayer de son horizon personnel. Le temps que les armées alliées de l'OTAN se décident à intervenir, celles de Milosevic avaient déjà entrepris une « épuration ethnique » de grande envergure. Alma Stovia n'avait que dix-huit ans et avait quitté l'école à douze pour aider sa mère aux travaux de la ferme. Pourtant, malgré les lacunes de son éducation, elle n'avait pas tardé à comprendre ce que signifiait « épuration ethnique ». Ça consistait à les massacrer tous, ceux de sa famille, de son village de son pays, de sa communauté... tous ceux de sa race. Elle y compris, bien sûr. Quand les « tigres » d'Arkan, les plus féroces de tous les tueurs aux ordres du dictateur serbe, avaient débarqué dans la ferme familiale, Alma était à la cave, en train de tirer un peu de vin d'un tonneau pour le dîner du soir. Pétrifiée, elle avait entendu, au-dessus de sa tête, les bruits de bottes, les cris des soldats, les suppliques de son père, les hurlements de sa mère... et soudain, les rafales de Kalachnikov, qui l'avaient fait bondir comme si elles explosaient dans sa tête. À son tour, elle avait hurlé, mais par chance, le bruit des armes avait couvert son cri...

Après, il y avait eu un grand silence. Un silence de mort. Suivi du ronflement des flammes, après que les hommes d'Arkan, avant de partir, aient mis le feu à la maison.

Alma était restée recroquevillée sur elle-même dans un coin de la cave pendant tout le reste de la journée et une partie de la nuit. Lorsqu'enfin, rassemblant tout le courage dont elle était capable, elle avait soulevé la trappe de fonte de la cave pour sortir de sa cachette, elle s'était retrouvée, non pas dans la cuisine, mais à l'extérieur, en pleine campagne. La maison n'était plus qu'un tas de cendres fumantes autour d'elle. Un tas de cendres au milieu duquel gisaient les cadavres carbonisés de ses parents.

Après avoir passé des heures à pleurer toutes les larmes de son corps, Alma s'était finalement décidée à partir. Elle avait marché vers le Sud pendant près d'une semaine, se nourrissant de racines et de pommes trouvées par terre, se cachant, tremblante, dans les taillis, à chaque fois qu'elle apercevait un groupe d'hommes en armes. Au bout de sa route, elle avait fini par tomber sur un des premiers camps de réfugiés installés par Médecins sans Frontières. Là, on l'avait soignée, nourrie, elle avait dormi plusieurs jours d'affilée sur un des lits de camp alignés sous les tentes.

Après plusieurs semaines passées dans ce camp, Alma avait eu la chance de faire partie d'un contingent de réfugiés recueillis par la France. Elle s'était retrouvée dans un foyer d'immigrés, dans la banlieue de Nice. Elle et ses compatriotes étaient entassés dans des dortoirs de vingt personnes, dans des conditions d'hygiène et de confort que n'importe quel Français aurait trouvé insupportables. Mais pour Alma, qui venait de l'enfer, c'était le paradis.

Malheureusement, les choses s'étaient gâtées quelque temps plus tard quand, à force de traîner sans but dans la périphérie du foyer, elle était tombée entre les mains de la mafia russe. Les représentants locaux de l'*Organisatsia*, qui régnaient sur la prostitution de la Côte d'Azur, avaient eu vite fait de la repérer. Avec ses jambes longues, ses seins ronds et volumineux qui tendaient son tee-shirt, ses fesses hautes et fermes moulées dans son jean, elle avait un corps à damner un saint. Le tout avec un visage à l'ovale parfait, de grands yeux sombres et innocents, une bouche aux lèvres charnues, et une lourde chevelure brune qui cascadait sur ses épaules graciles...

Une fille comme elle, postée au bord de la nationale, sur les hauteurs de Nice, était sûre de provoquer des embouteillages nocturnes. Et de rapporter un maximum à ses « employeurs ».

C'était exactement ce qui s'était passé.

Bien sûr, au début, Alma s'était révoltée. C'était une fille honnête, avec des principes et des rêves de prince charmant. En plus, elle était vierge et se gardait précieusement pour celui qui serait l'homme de sa vie.

Mais les autres, à coups de raclées et de menaces de mort, lui avaient vite fait comprendre qu'on ne lui demandait pas son avis. Alors... Alma avait subi le sort terrible de tant de filles venues de l'Est en rêvant de cinéma ou de photos de mode... et qui se retrouvent à faire le tapin au bord des routes, dans des banlieues sinistres.

Pourtant, elle n'avait jamais tout à fait perdu l'espoir de s'en sortir. Et cet espoir s'était matérialisé, une nuit, sous la forme d'une Jaguar, un coupé sport dernier modèle, qui s'était arrêté devant elle.

L'homme qui la pilotait devait approcher de la quarantaine. Costume noir près du corps et pull ras du cou très « tendance », il avait les cheveux noirs, courts mais drus, la peau légèrement hâlée, les yeux noisette, et un visage aux traits harmonieux, style jeune chef d'entreprise dynamique et sportif, au milieu duquel s'épanouissait un sourire plutôt rassurant.

Dans un réflexe « professionnel », Alma s'était penchée à la portière pour lui proposer les gâteries d'usage et aligner les tarifs. Mais à sa grande surprise, l'homme lui avait adressé un sourire gentil en lui expliquant que « ça » ne l'intéressait pas. Il était réalisateur de cinéma, lui avait-il dit, et ce qu'il cherchait, c'était une fille jeune et jolie, comme elle, pour tourner un film.

Un film !

Le mot « CINÉMA » s'était mis à briller en lettres de néon dans la tête d'Alma. En une fraction de seconde, elle s'était vue star, posant pour les magazines, roulant en limousine, signant des autographes et tournant des scènes d'amour avec Brad Pitt ou Tom Cruise...

L'instant d'après, pourtant, elle s'était reprise. Elle avait beau être naïve, sa naïveté avait des limites. Un type qui s'arrête la nuit, au bord d'une route, pour vous proposer de but en blanc de faire du cinéma... Ça cachait forcément quelque chose de louche.

Elle avait fait part au soi-disant réalisateur de ses soupçons. Le pilote de la Jaguar avait ri aux éclats.

— Tu as raison de te méfier, lui avait-il dit. En effet, il s'agit d'un film un peu... spécial.

— Je vois, avait dit Alma avec une moue dégoûtée : un film porno.

— Pas tout à fait, avait dit l'autre. Monte, je vais t'expliquer.

N'ayant rien à perdre, elle était montée.

L'homme à la Jaguar se prénommait Alain. Elle n'avait pas besoin de connaître son nom, avait-il dit : ça valait mieux pour tout le monde. Le film qu'il lui proposait de faire était certes érotique, mais pas porno au sens habituel du terme. D'abord, elle serait seule à l'image, dans une tenue suggestive, mais personne ne la toucherait. Elle n'aurait même pas besoin de bouger. Il lui demanderait même de rester immobile aussi longtemps que possible. Avec un sourire, il avait ajouté que c'était destiné à une clientèle un peu spéciale.

Des clients un peu « spéciaux », Alma avait eu l'occasion d'en fréquenter un certain nombre, depuis qu'elle se prostituait. Rien que de penser à certains d'entre eux, un frisson de dégoût lui parcourait l'échine.

Mais si personne ne la touchait...

— Et puis, avait ajouté Alain, le film ne sera diffusé que sur Internet, en Extrême-Orient. Personne ne te reconnaîtra. C'est dans notre intérêt à tous les deux.

Ses dernières hésitations s'étaient envolées, quand Alain lui avait mis sous le nez une liasse de billets de cinq cents francs. Dix mille francs en tout. Pour deux heures de travail maximum. Et un travail facile, en plus.

Il n'y avait qu'un problème : Vladimir, le souteneur officiel d'Alma, un Russe très susceptible quant à ses prérogatives, qui ne verrait sûrement pas d'un très bon œil que sa « gagneuse » aille faire des extras pour quelqu'un d'autre.

Balayant l'argument, Alain avait été trouver Vladimir et lui avait proposé de lui « louer » les services d'Alma, pour deux heures, moyennant une somme équivalente à celle qu'il avait donnée à la fille.

Ravi, le Russe avait accepté sans hésiter.

Alain avait donné rendez-vous à Alma le surlendemain matin vers dix heures, à Cannes, devant le palais des Festivals.

Un samedi.

Elle était à l'heure. Lui aussi. À peine dans la voiture, il lui avait bandé les yeux.

— Tu comprends, lui avait-il expliqué gentiment, il ne faut pas que tu saches où ça se passe. Comme ça, tu n'auras pas d'ennuis si on te pose des questions plus tard, et moi non plus.

Elle avait haussé les épaules :

— Si tu veux...

Ils avaient roulé une petite demi-heure. En arrivant, Alain avait demandé à Alma de se tasser sur son siège, pour qu'on ne la voie pas.

Puis, la voiture s'était arrêtée. Alain était descendu le premier, avait fait le tour du véhicule, avait aidé Alma à descendre et l'avait guidée comme une aveugle... jusqu'à ce qu'ils soient enfin arrivés à destination.

Alma tournait sur elle-même en jetant dans toutes les directions des regards émerveillés. Jamais, de toute sa vie, elle ne s'était trouvée dans une pièce aussi luxueuse. Les murs étaient en pierres apparentes, de vieilles pierres artistiquement dépolies, et des tableaux superbes y étaient accrochés. Dans une grande cheminée en simili gothique, un feu de bois se mit à flamber quand Alain appuya sur un interrupteur à variateur permettant de régler l'intensité des flammes. Ce faux feu de bois était le comble de ce qu'Alma pouvait imaginer en matière de luxe. Pourtant, du luxe, il y en avait partout : deux magnifiques commodes provençales anciennes, rigoureusement identiques, formaient un « apairage » de chaque côté de la cheminée. Des amphores et des statues antiques étaient disposées un peu partout, sur des socles, entre des canapés et des fauteuils Louis XV qui n'étaient sûrement pas des imitations. Même les tommettes qui recouvraient le sol étaient d'une beauté extraordinaire, avec leurs tonalités passant de l'ocre à l'orange et dessinant des mosaïques de temples grecs.

La seule chose qui détonait un peu, dans ce salon magnifique, étaient les deux projecteurs et la caméra-vidéo sur pied.

Mais après tout, on était bien là pour faire un film, non ?

Alain laissa Alma profiter quelques instants du spectacle en la regardant d'un œil amusé. Puis il claqua joyeusement dans ses mains :

— Bon, dit-il, c'est pas tout ça. Passons aux choses sérieuses.

D'un petit sac de voyage, il sortit la tenue qu'Alma devrait porter pour le film et la lui tendit :

— Tiens, dit-il, mets ça. Bien faite comme tu l'es, ça devrait t'aller à merveille.

Alma eut encore un moue d'hésitation en considérant le « costume ». Alain eut un sourire en coin :

— Je te laisse t'habiller tranquille, dit-il en s'éloignant. Je reviens tout de suite.

Il quitta la pièce et revint deux minutes plus tard.

En découvrant Alma, debout devant la cheminée où les flammes dansaient toujours, il ne put retenir un sifflement d'admiration.

— Merde, alors ! Tu sais que tu es un vrai canon ? Sans vouloir te flatter, j'ai rarement vu une fille aussi bien foutue que toi !

La remarque arracha un petit sourire à Alma, et pendant un instant, lui fit oublier la légère gêne qu'elle éprouvait à cause de sa tenue.

Elle n'était vêtue que de lingerie fine, en soie et dentelles.

Mais dans le genre lingerie, ça tenait moins de l'affriolant que de l'appel au viol pur et simple.

Une gaine de soie blanche lui maintenait la taille et se prolongeait par un soutien-gorge en balconnet qui rassemblait ses seins déjà pulpeux, et les gonflait au point qu'ils débordaient de leur prison délicate. L'effet était saisissant. En voyant ça, n'importe quel homme normalement constitué aurait été saisi d'une envie irrépressible de plonger son visage dans ce décolleté et de s'y étouffer de plaisir.

En bas, la gaine se terminait par une mince bordure de dentelles froufroutantes, d'où partaient les bretelles d'un porte-jarretelles soutenant des bas de soie crème, assortis au reste. Sur les cuisses longues et pleines de la jeune femme, cet accessoire érotique donnait son effet maximum. Mais ce qui attirait irrésistiblement le regard, c'était le bas du ventre d'Alma, où une culotte très échancrée, quasiment transparente et savamment découpée en triangle, laissait échapper les boucles brunes d'une toison luxuriante et soyeuse, au milieu de laquelle on devinait les pétales nacrés de sa féminité la plus secrète.

— Tu es sublime, fit Alain avec sincérité.

Sous le compliment, la jeune femme se cambra légèrement, posa ses poings sur ses hanches et écarta un peu les jambes.

Alain avala péniblement sa salive. Il se sentait s'ériger à toute vitesse. La bosse qui déformait son pantalon de lin noir n'échappa pas à Alma, qui eut un petit sourire en coin :

— Personne ne me touche, dit-elle. Ce est bien d'accord ?

— Je te l'ai promis, fit Alain en tâchant de reprendre ses esprits. Attends, j'ai oublié un petit détail.

Il sortit du sac un collier de chien en cuir clouté, avec un anneau auquel pendait une sorte de petite médaille ronde. Celle-ci représentait un entrelacs de cercles concentriques et de figurines, un symbole que les bouddhistes appellent la « Roue de la Vie ». Il le lui attacha autour du cou.

Puis il contempla une dernière fois Alma dans son ensemble avec un sourire satisfait.

— Bon, dit-il, on s'y met ?

— D'accord, fit Alma. Quoi tu veux je fasse ?

— C'est très simple, fit Alain en s'avançant vers elle et en lui désignant un fauteuil Louis XV, près de la cheminée. Tu vas te mettre à genoux sur ce fauteuil, en croisant les avant-bras par terre en en appuyant le menton dessus.

Comme elle comprenait mal, il la guida sans brutalité. Il la fit s'agenouiller sur le fauteuil, en posant les mains par terre. Puis il la fit s'incliner encore davantage jusqu'à ce que ses avant-bras croisés reposent sur les tommettes, en servant d'appui à son menton.

Dans cette position, Alma était cambrée au maximum. Les deux demi-sphères pleines et voluptueuses de ses fesses magnifiques jaillissaient de la dentelle comme un ballon qui tenterait de s'envoler. Elle était offerte à des regards, à des mains et à des sexes invisibles qui pouvaient plonger sans problème dans le sillon ouvert de ses fesses, le long du premier duvet, et jusqu'à la corolle fragile qui émergeait de son buisson ardent.

— C'est bien, dit Alain. Maintenant, écarte un peu plus les genoux.

Alma obéit. Vu de derrière, le spectacle donnait maintenant le vertige. On pouvait véritablement la fouiller du regard... à défaut d'autre chose.

— Ce est pas très confortable, protesta-t-elle d'une voix que sa position rendait assourdie.

Alain s'accroupit devant elle :

— Je sais. Je suis désolé. Mais il va falloir que tu aies un peu de patience. Tu comprends, on fait un film spécial, pour des clients qui veulent juste te regarder, immobile dans cette position. Moi, avec ma caméra, je vais alterner les plans fixes et les déplacements autour de toi. Mais toi, tu ne dois absolument pas bouger. Tu m'entends ? Absolument pas ! Même si tu as des crampes ou que le sang te monte à la tête ! C'est la condition *sine qua non.*

— Qu'est-ce que c'est, « ce quoi none » ?

— Ça veut dire que c'est ça qu'ils veulent, et pas autre chose. C'est pour ça qu'ils payent.

Alma soupira :

— Bon... d'accord. Je essayer.

— Tu es formidable, fit Alain en se relevant. Tu sais, je fais aussi des films... comment dire ?... normaux. Avec le physique que tu as, je suis sûr que tu pourrais faire l'actrice. Ça te dirait de faire du cinéma ? Du vrai ?

Le visage d'Alma s'éclaira d'un large sourire.

— C'est bien ce que je pensais, fit Alain en réglant l'objectif de sa caméra-vidéo. En plus, je suis certain que tu est douée. Dans ce domaine, mon instinct ne me trompe jamais.

L'œil collé au viseur, il s'amusa à « zoomer » plusieurs fois, par derrière, sur les fesses d'Alma, en partant de la distance des deux ou trois mètres qui le séparait d'elle et en avançant jusqu'au cœur de son intimité.

— C'est parti, dit-il. À partir de maintenant, tu ne bouges plus d'un millimètre, OK ?

— OK, murmura Alma.

Alain effectua un cadrage « sur pied » en s'arrangeant pour qu'on aperçoive le feu de bois dans un coin de l'image, histoire d'ajouter une note cossue. Le centre de l'image était occupé par le fauteuil Louis XV et par Alma, vue de profil, le menton posé sur les avant-bras et les fesses cambrées à s'en déformer la colonne vertébrale. La jeune femme, comme convenu, ne bougeait pas d'un millimètre, mais chacune de ses respirations soulevait légèrement son corps et faisait remonter ses fesses d'un ou deux centimètres supplémentaires. De plus, en gonflant sa poitrine, ses inspirations semblaient faire augmenter le volume de ses seins, dont les larges aréoles brunes s'écrasaient délicatement sur les tommettes du sol. Alma réussissait l'exploit involontaire d'être à la fois rigoureusement immobile, et animée d'un mouvement spasmodique qui ajoutait au spectacle une dose d'érotisme supplémentaire. Ce mélange d'immobilité et de mouvements donnait à l'ensemble un piquant qui titillait les nerfs du premier spectateur du film – Alain, en l'occurrence – avec une insistance qui, au fil des minutes, finissait par devenir presque insoutenable. Pour lui…

L'œil toujours collé à son viseur, il ne put d'ailleurs retenir un large sourire de satisfaction. Sourire qui, comme elle lui tournait le dos, échappa totalement à Alma.

Alain Lévêque – puisque tel était son nom complet – se sentit envahi par un sentiment de triomphe.

À cette minute, il sut qu'il allait toucher un nouveau pactole.

Qui allait s'ajouter à la petite fortune qu'il avait déjà commencé à amasser.

Le film qu'il était en train de tourner avec la jeune prostituée albanaise n'était pas le premier du genre. Il lui avait coûté un investissement de vingt mille francs, entre ce qu'il avait donné à la fille et ce qu'il avait dû payer à son souteneur. Mais il récupérerait cet investissement au centuple.

Plus tard.

Et à force de renouveler l'opération, il deviendrait riche. Enfin !

Car Alain Lévêque, sans être dans le besoin, roulait peut-être en Jaguar, mais pas sur l'or. D'ailleurs, sa Jaguar, il l'avait achetée d'occasion. Outre son goût immodéré pour les belles mécaniques sportives, il s'était aperçu depuis longtemps qu'une voiture de luxe était, dans sa profession, l'une des meilleures cartes de visite qui soient. Au point que quand il avait un déjeuner d'affaires avec un client potentiel, il lui proposait toujours de passer le prendre. Le temps d'arriver au restaurant, l'autre avait eu le temps de respirer le cuir anglais des sièges et de tâter les bois précieux du tableau de bord, et sa considération à l'égard d'Alain Lévêque grimpait à la vitesse de l'aiguille du compte-tours.

Quand il se garait devant le restaurant, l'affaire, généralement, était pratiquement conclue.

Alain Lévêque n'avait pas menti à Alma Stovia : il était effectivement réalisateur. Mais il n'était ni Francis Coppola, ni Alain Resnais. Depuis des mois, son seul et unique contrat « officiel » consistait à réaliser les épisodes successifs d'une série télévisée intitulée « Cœurs en été ». La série, qui passait sur l'une des principales chaînes françaises le dimanche, en fin d'après-midi, avait pour thème central les aventures sentimentales d'une bande de jeunes gens passant l'été dans les résidences estivales de leurs parents, quelque part sur la Côte d'Azur. La série comportait quatre rôles d'adultes – les deux couples de parents – et une douzaine de rôles d'adolescents des deux sexes. Côté dialogues, les morceaux de bravoure les plus « puissants » étaient des répliques du genre : « — Mais si, Sophie, je t'assure, Frédéric rêve de sortir avec toi, il me l'a dit. — Mais l'autre soir, à la boum de François, il ne m'a même pas regardée et il a dansé toute la soirée avec Natacha. — C'est pour te rendre jalouse... » etc.

Alain Lévêque soupira une fois de plus en y pensant. Le pire, c'était que même un boulot aussi déprimant, il fallait se battre avec les producteurs TV chargés de la « fiction » pour le décrocher.

D'où la Jaguar : c'est bien connu, on fait de préférence travailler ceux qui ont déjà du travail. Surtout quand ils affichent des signes extérieurs de réussite...

D'un autre côté, le réalisateur n'avait pas trop à se plaindre. Au moins, quand on l'interrogeait sur ses activités en cours, il pouvait en parler sans trop de déshonneur. Parce qu'après tout, il en était bien conscient, beaucoup de réalisateurs au chômage auraient aimé être à sa place.

Et puis, ce genre de boulot avait ses petits avantages en nature. En l'occurrence, les jeunes et jolies starlettes qui défilaient dans la série et qu'il auditionnait lui-même. Comme de bien entendu, il les choisissait plus pour leur physique que pour leurs qualités d'actrices. Et sa position de metteur en scène qui avait « un grand projet de cinéma en pré-production » lui permettait de leur laisser entendre qu'elles pourraient éventuellement en faire partie. À condition de « mieux se connaître », évidemment. « Mieux se connaître », même les moins futées de ces filles comprenaient instantanément ce que ça voulait dire : dîner, sortie en boîte, éventuellement week-end à Deauville... Le tout, bien sûr, assorti de galipettes sexuelles qui n'avaient qu'un lointain rapport avec les techniques de l'Actor's Studio.

Mais la plupart d'entre elles l'acceptaient sans se faire prier. D'abord parce qu'elles avaient dans la tête le vieux cliché selon lequel il fallait « coucher pour réussir » et que c'était, en quelque sorte, un passage obligé si on voulait faire carrière dans le cinéma. L'histoire du 7e art, après tout, n'était faite que de metteurs en scène faisant tourner leur femme ou leur petite amie...

Ensuite, parce qu'Alain Lévêque était un homme plutôt séduisant et que coucher avec lui n'avait rien d'un supplice.

Bref, le réalisateur n'avait pas trop à se plaindre, dans le fond, et sa position était plutôt enviable.

Et enviée.

Surtout pour un homme qui avait débuté par où il avait débuté.

C'est-à-dire le porno.

Pas le porno « chic », luxueusement filmé, dans des décors somptueux, avec des acteurs et actrices superbes : le porno des nouvelles productions américaines.

Non. Alain Lévêque, lui, avait débuté dans le porno le plus « crade », celui dont les films se tournaient en deux jours, sans une esquisse de scénario, dans le décor unique et sordide d'un studio prêté par une copine fauchée, ou d'une chambre d'hôtel bon marché aux murs en béton, au bord d'une autoroute. Quant aux « acteurs » et « actrices »... ce n'était pas plus brillant. Les « hardeurs » des premiers films d'Alain Lévêque étaient des types ventrus, aux cuisses courtes et à la peau douteuse. Et leurs partenaires féminines, draguées dans des boîtes minables ou aux caisses des supermarchés, étaient des femmes souvent ni très jeunes ni très belles, qui acceptaient ce genre de « contrat » pour arrondir leurs fins de mois. Elles pratiquaient des fellations maladroites, sans enthousiasme, voire avec un air dégoûté. Et se faisaient prendre avec indifférence, avec des regards de vaches ou des gémissements forcés qui sonnaient tellement faux qu'on aurait pu en rire, si ça n'avait pas été aussi pathétique.

Oui, Alain Lévêque pouvait s'estimer heureux de s'être sorti de cette galère. Car après tout, celle dans laquelle il ramait actuellement était quand même légèrement « moins pire », selon la formule consacrée.

N'empêche que cette galère-là aussi, il rêvait de s'en échapper. Pas tellement par ambition artistique. Bien sûr, au tout début de sa carrière, quand il était encore assistant stagiaire, il avait rêvé, comme tout le monde, de devenir un grand, un vrai cinéaste, de ceux à qui l'on distribue des Palmes d'or et des Oscars. Mais ces rêves de jeunesse lui étaient vite passés. En revanche, il n'avait pas renoncé à faire fortune.

Quelle que soit la manière.

Et cette manière, il l'avait trouvée quelques mois plus tôt, en feuilletant un magazine consacré à la photographie. Ledit magazine présentait un « portfolio » en noir et blanc des plus étranges : en l'occurrence, la collection secrète, récemment retrouvée, d'un riche américain des années 1930.

Celui-ci avait un fantasme : les photos de femmes en lingerie coquine et immortalisées dans des positions « gênantes ». L'une d'elles était exactement dans la posture qu'Alain venait de faire prendre à Alma. Les autres étaient photographiées dans des tenues similaires et des poses différentes, mais toutes aussi inconfortables, ce qui leur donnait ce côté à la fois humiliées et soumises.

Du coup, Alain Lévêque avait eu une idée : reconstituer des images du même genre, mais... filmées. Par rapport au porno traditionnel, c'était une véritable innovation. Un peu comme ces vidéocassettes où, pendant une heure et demie, on voit brûler un feu de bois ou nager des poissons dans un aquarium. Lesquelles vidéos, en l'occurrence, remplacent la cheminée ou l'aquarium…

Alain Lévêque avait même imaginé une petite nouveauté à apporter au système : lui, il alternerait les longs plans fixes sur la fille, vue de dos ou de profil, avec de lents mouvements de caméra « à l'épaule », exécutés en tournant lentement autour d'elle. Et en « zoomant » de temps à autre sur tel ou tel détail de son anatomie. Ainsi, le spectateur, toujours sans que la fille bouge, pourrait la contempler sous des angles différents, en plans larges ou en gros plans.

Et puis, il y avait le visage de la fille, avec ses expressions provocantes, au début. Ce visage qui, en une heure et demie, passait de la sérénité à la souffrance, de l'indifférence au rictus de douleur... ce visage où on verrait perler en gros plan les premières gouttes de sueur, se former les premières crispations... jusqu'à la déformation tragi-comique, quand la douleur deviendrait insoutenable.

Alain Lévêque était persuadé qu'il existait une clientèle pour ce genre de films. Des gens fatigués, comme lui, du porno traditionnel, et qui partageaient le fantasme du riche américain dont la collection de clichés lui avait donné cette idée. Des pervers qui ne demanderaient pas mieux que de se repaître de ce spectacle en d'en jouir pendant une heure et demie. En payant le prix fort, naturellement.

Et cette clientèle, à force de « surfer sur le net », il avait fini par la trouver.

Elle était répartie dans différents pays d'Asie, où, comme chacun sait, on n'est jamais en retard en matière d'expériences et d'innovations sexuelles, quitte à plonger dans la perversion la plus totale.

Cette clientèle avait un double avantage : être constituée de gens suffisamment riches pour payer le tarif exorbitant qu'Alain Lévêque demandait pour livrer les codes permettant d'accéder, via Internet, à ses images.

Et surtout, de se trouver suffisamment loin de la France et de ses activités « officielles » pour qu'on ne puisse pas faire le rapprochement avec lui.

Ce qu'on n'aurait pas manqué de faire, en reconnaissant le décor qu'il utilisait...

Alain Lévêque regarda sa montre. Déjà presque une heure qu'Alma « tenait » dans cette position plus qu'inconfortable. Il ne put retenir un léger sourire en se disant que, décidément, les gens étaient prêts à tout et n'importe quoi pour de l'argent.

Mais il ne la blâmait pas.

Après tout, il aurait pu en dire autant de lui-même.

Saisissant sa caméra et la posant sur son épaule, il entreprit de faire lentement le tour de la fille. Quand il se baissa pour faire un gros plan de son visage, derrière lequel on apercevait sa croupe saillante et ouverte, elle grimaçait de douleur et laissa échapper un petit gémissement.

— Je... peux plus, murmura-t-elle à son intention. Je... mal au cou. Je vertige...

— Courage, fit doucement le réalisateur en continuant de filmer. Accroche-toi, ma belle. Encore une petite demi-heure et ton calvaire sera fini. Pense à tes dix mille francs, ça te donnera de la force.

— Je... essayer, gémit la fille dont la voix n'était plus qu'un fil ténu, presque inaudible. Je... très mal au cou.

— Courage, je te dis. Accroche-toi. Pense à autre chose. Tu verras, ça va passer très vite.

Dans l'objectif de sa caméra, Alain Lévêque regarda la nuque de la jeune Albanaise. À cause de sa position, elle était cassée en arrière au-delà des possibilités normales. De plus, comme elle avait la tête en bas, le sang devait s'accumuler dans son cerveau d'une manière dangereuse...

Mais il n'allait pas s'attendrir. Les quatre ou cinq filles précédentes n'en étaient pas mortes. Il fallait parfois souffrir pour gagner sa vie, un point c'est tout.

Son tour complété, il reposa en douceur la caméra sur son pied, histoire de ne pas faire d'à-coups dans l'image, et souffla un instant. Il s'aperçut soudain qu'il avait une petitc faim. Le réfrigérateur de la cuisine contenait quelques plats surgelés. Trois minutes au micro-ondes.

— Ne bouge surtout pas, lança-t-il à Alma en quittant la pièce, je reviens.

Il savait déjà ce qu'il ferait, après son casse-croûte : une série de séquences alternées, et en gros plan, des fesses d'Alma et de son visage. La sueur y coulerait abondamment et elle serait sans doute au bord des larmes, à cause de la souffrance qu'elle endurait.

Les clients adoreraient. D'ailleurs, ils lui avaient déjà manifesté leur enthousiasme pour ce genre de détails, via son site Internet secret.

Alain Lévêque soupira. Ça ne l'amusait pas plus que ça de jouer les sadiques. Ça n'était pas dans sa nature. Mais en pensant à ce que ce nouveau film allait lui rapporter, il oublia très vite ses scrupules et se consacra à son en-cas : une barquette de chili con carne surgelé. Il mit le micro-ondes en marche, ce qui déclencha automatiquement un système de hotte aspirante. « Bonne idée, se dit-il machinalement. Comme ça, au moins, toute la maison ne sent pas la bouffe... »

Il avala son déjeuner debout, devant le plan de travail de la cuisine, plongeant directement sa fourchette dans la barquette, histoire de s'épargner de la vaisselle inutile.

Quand il revint dans le grand salon, ce fut pour constater avec satisfaction qu'Alma remplissait à merveille son contrat : elle était toujours rigoureusement immobile.

Il colla son œil au viseur pour vérifier le cadrage.

Parfait.

Il se recula. Et fronça les sourcils, réalisant qu'il y avait quelque chose d'anormal.

Mais quoi ?...

Alain Lévêque regarda à nouveau dans l'œilleton...

Et ce fut à ce moment-là seulement qu'il prit conscience de ce qui avait changé, par rapport à tout à l'heure.

La fille ne bougeait plus.

Elle était immobile, bien sûr, mais les légers mouvements de son corps, au rythme de sa respiration, avaient cessé.

Dans un réflexe, il fit un pas en avant pour se précipiter vers Alma.

Mais il se retint de justesse.

S'il entrait dans le champ, le film était foutu. Les clients payaient pour un fantasme bien précis. Et ce fantasme excluait toute autre présence que celle de la fille.

En plus, s'il apparaissait à l'image, sa propre sécurité s'en trouverait gravement compromise.

Il réfléchit à toute vitesse et décida de s'approcher d'Alma avec sa caméra à l'épaule. Comme ça, il pourrait regarder de près son visage, par l'intermédiaire de l'objectif.

Il s'agenouilla devant elle et la cadra en gros plan.

Le choc qu'il éprouva alors faillit lui faire lâcher sa caméra.

Mais il n'en fit rien et continua machinalement de filmer.

Alma était morte.

Pas besoin d'être médecin pour en être sûr.

Son visage avait retrouvé une sorte d'indifférence, et sous ses paupières à moitié closes, son regard vide n'exprimait plus rien.

Alain Lévêque approcha son objectif du visage d'Alma au point de le toucher. Pas la moindre respiration ne vint embuer la surface vitrée.

Il recula un peu, laissa tourner encore une petite minute... puis coupa.

C'était lui, à présent, qui transpirait à grosses gouttes.

Il avait peut-être un film « en boîte », mais il avait aussi un cadavre sur les bras.

Curieusement, il n'avait pas l'impression d'être un assassin. Ce qui était arrivé à Alma était un accident. Une « bavure »... Pas vraiment de sa faute.

Cela dit, ce ne serait sûrement pas l'avis de la police, il avait bien assez de lucidité pour s'en rendre compte.

Il ne lui restait plus qu'à faire comme tous les criminels, leur forfait accompli.

Se débarrasser du cadavre.

Cette fille n'avait pas de famille, à part son maquereau russe, lequel ne connaissait ni le nom d'Alain Lévêque, ni son adresse. C'était déjà ça. Au moins, personne ne lancerait d'avis de recherche.

En attendant, le problème restait entier.

Qu'est-ce qu'il allait bien pouvoir en faire ?

Alain Lévêque posa sa caméra par terre et retourna à la cuisine se servir une solide rasade de scotch. Il en avait besoin, à la fois pour surmonter le choc et l'aider à réfléchir.

Quand il revint près du cadavre, quelques minutes plus tard, il avait trouvé...

CHAPITRE II

Le commandant de police Boris Corentin, as des as de la section des Affaires Recommandées, la section reine de la Brigade Mondaine, eut un choc en poussant la double porte capitonnée du bureau de son chef, le commissaire divisionnaire Charlie Badolini.

Car au lieu d'être, comme d'habitude, envahie par un épais brouillard tabagique, l'atmosphère de la pièce était d'une transparence limpide.

Boris Corentin eut un deuxième choc en constatant que la fenêtre du bureau directorial, celle qui donnait sur la Seine et la place Saint-Michel, était grande ouverte, alors que Badolini, qui vivait dans la terreur des coulis d'air sournois, refusait avec la dernière énergie de l'ouvrir.

Et quand il vit que son supérieur hiérarchique avait tombé la veste de son éternel costume bleu pétrole, dénoué sa cravate et retroussé ses manches jusqu'aux coudes... il eut carrément besoin de s'asseoir.

Ce qu'il fit aussitôt et sans demander la permission, dans l'un des deux superbes fauteuils visiteurs de style Empire à accoudoirs tête-de-lion, tout droit sortis, comme le bureau lui-même, des réserves du Mobilier National.

Corentin jeta des regards étonnés autour de lui et

considéra son supérieur avec une expression abasourdie. Le plus incroyable de tout était que, Charlie Badolini ne fumait pas, alors que, depuis des mois, Boris ne l'avait vu autrement qu'une de ses fameuses Job Spéciales aux lèvres, ces cigarettes hautement nicotinisées qu'il fumait à la chaîne et se faisait expédier par cartons entiers de sa Corse d'origine.

Il ne restait qu'une seule trace visible de son tabagisme forcené : son index et son médius droits, jaunis par la nicotine.

— Sans vouloir m'immiscer dans votre vie privée, patron, fit Boris, je crois qu'une petite explication s'impose. Vous êtes sûr que c'est bien vous, assis là, dans ce fauteuil ?

Charlie Badolini éclata de rire : encore une chose rarissime chez lui. De quoi se demander, effectivement, si on ne l'avait pas remplacé par un clone ou un sosie.

— Figurez-vous, Boris, que mon médecin et ma femme m'ont finalement convaincu d'arrêter de fumer...

— Vraiment ? fit Boris d'un air soupçonneux. Ce n'est pas la première fois qu'ils essayent, pourtant. Comment se fait-il que cette fois, ils aient réussi ?

— Ils s'y sont pris assez sournoisement, je dois dire. Ils m'ont fait regarder un film.

— Un film ?... Un film sur les méfaits du tabagisme ?

Le visage de Charlie Badolini s'assombrit légèrement :

— Non. Ça, je ne m'y serais pas laissé prendre. J'aurais refusé de le regarder. Ma femme a simplement loué une vidéo, hier soir. Un polar américain à suspense dont on lui avait soi-disant affirmé que c'était formidable. C'était pas mal, en effet, quoique un peu compliqué. On y voit un jeune journaliste qui fume cigarette sur cigarette... Et on le retrouve trente ans plus tard, devenu un vieillard de cinquante ans avec un cancer de la gorge. Il n'a plus de cordes vocales et s'exprime avec un amplificateur qui lui reconstitue une sorte de voix artificielle. Il respire à travers un trou qu'on lui a fait dans la gorge. Une trachéotomie. Mais le plus horrible, c'est quand un type vient le voir, qu'il lui réclame une cigarette... et qu'il l'introduit dans le trou de sa gorge pour la fumer ! [1]

Badolini se secoua nerveusement :

— J'en ai encore des frissons, rien que d'y penser. Ça m'a fait un tel choc que j'ai arrêté de fumer sur le coup.

Corentin hocha la tête avec un demi-sourire :

— Je comprends ça, patron. Et ça ne vous manque pas ? Vous avez l'air de si bonne humeur, alors que je vous ai déjà vu tenter d'arrêter de fumer, et sauf votre respect...

— Ça me rendait fou furieux, je sais. Mais je me suis collé un patch et je mâche des Nicorettes, un nouveau truc. Pour l'instant, ça a l'air de marcher.

Il se leva et marcha jusqu'à la fenêtre :

— J'ai décidé de profiter de la vie. Un de ces quatre, je vais prendre ma retraite...

— Pas vous, patron ! se crut obligé de protester Boris.

1. Le film en question s'intitule *Dead again*. Il est signé Kenneth Brannagh et le journaliste tabagique y est interprété par Andy Garcia.

— Si, si... et j'ai envie d'en profiter, de cette retraite. J'envisage sérieusement de me mettre au golf. Alors, autant commencer à s'habituer à l'air de l'extérieur. Et puis, il fait un temps suberbe, vous ne trouvez pas ?

Corentin se leva à son tour et rejoignit son chef près de la fenêtre :

— C'est vrai que ce mois d'avril est particulièrement beau. Il fait déjà une chaleur quasi-estivale. Quand on regarde passer les filles, aux terrasses des cafés, elles sont si peu vêtues qu'on dirait qu'elles vont à la plage...

Badolini laissa échapper un grognement et retourna s'asseoir derrière son bureau.

— Décidément, Boris, fit-il, vous ne pensez qu'à ça ! Vous, par contre, vous ne changerez jamais…

— C'est un des avantages du célibat, patron, sourit Corentin en se rasseyant. Mais dites-moi, je suppose que vous ne m'avez pas fait venir uniquement pour échanger des considérations sur les méfaits du tabagisme et sur la météo...

Badolini devint grave, tout à coup :

— Non, évidemment. D'ailleurs, je crois me souvenir d'avoir également convoqué votre équipier, le capitaine Aimé Brichot. Comment se fait-il qu'il ne soit pas là ?

Corentin regarda sa montre :

— Il rentrait des sports d'hiver avec sa famille par le train de nuit qui devait arriver ce matin vers huit heures à la gare d'Austerlitz. Il est dix heures. À mon avis, il devrait être là d'une minute à l'autre.

Comme pour ne pas faire mentir Boris, la porte du bureau directorial s'ouvrit à cet instant précis et Aimé

Brichot apparut, vêtu d'un de ses éternels costumes anglais achetés chez Marks & Spencers, et le visage aussi hâlé que son crâne dégarni.

— Excusez-moi d'être en retard, fit-il, mais le temps de déposer ma petite famille au Kremlin-Bicêtre, avec les embouteillages...

— Vous êtes tout excusé, Brichot, fit Badolini en l'invitant à s'asseoir.

Aimé jeta à Boris un regard surpris, autant par la bonhomie anormale de Badolini que par l'atmosphère exceptionnellement saine de la pièce.

— Notre chef vient de prendre des mesures radicales pour sa santé, expliqua Corentin. Je te raconterai...

— Bien, messieurs, fit Badolini, maintenant que nous sommes au complet... nous allons pouvoir passer à des choses moins drôles.

Il posa sa petite main potelée (celle aux doigts jaunis) sur le dossier cartonné posé devant lui et qu'il tapotait distraitement depuis un bon moment déjà.

— Fontaine-de-Vaucluse, dit-il, ça vous dit quelque chose ?

— Bien sûr, répondit Corentin. Je n'y suis jamais allé, personnellement, mais il paraît que c'est un site magnifique. Situé dans le Vaucluse, comme son nom l'indique.

— Moi, je connais, enchaîna Aimé. C'est dans la région d'Avignon. Nous y sommes passés, avec ma femme, il y a deux ans. Ce qu'on appelle la fontaine de Vaucluse est en fait une espèce de fosse gigantesque, extrêmement profonde, une résurgence souterraine très importante de la Sorgue. D'ailleurs, je crois me souvenir que le commandant Cousteau et son équipe l'avaient explorée, à une certaine époque. La particularité de cette « fontaine » est que tous les ans, à des périodes précises, elle déborde violemment, comme une sorte de geyser. C'est à cause de la fonte des neiges du mont Ventoux et des montagnes voisines, situés à une soixantaine de kilomètres plus au nord. L'eau s'écoule par tout un labyrinthe de galeries, à travers les massifs calcaires, et vient grossir les eaux de la Fontaine-de-Vaucluse, qui du coup, déborde.

Charlie Badolini désigna Brichot d'un geste emphatique :

— Eh bien, mon cher Boris, prenez-en de la graine. Le professeur Aimé Brichot, ici présent, vient de nous administrer une superbe leçon de géographie !

Sous son hâle montagnard, Aimé rougit comme lui seul était capable de le faire : les pommettes, d'abord, puis le nez, puis les oreilles, et enfin le reste du visage.

Charlie Badoni se décida enfin à ouvrir le dossier posé sur son sous-main en cuir de Cordoue. À l'intérieur se trouvait une grande photo couleur, format 18X24, qu'il considéra un instant en silence. Soudain, il n'avait plus envie de rire. Mais alors, plus du tout.

— Lors de sa dernière « résurgence », il y a quelques jours, fit-il d'un air sombre, la fontaine a recraché un cadavre. Et un cadavre pas beau à voir, je vous le dis tout de suite.

Il tendit la photo à Boris et Aimé, qui la regardèrent pendant un long moment en silence, tête contre tête. Elle représentait un cadavre féminin, pour autant qu'on pouvait en juger par ce qui en restait. Car le corps semblait avoir été abrasé par une sorte de gigantesque roue à meule. Quant aux traits du visage, ils avaient été purement et simplement arrachés, comme un vulgaire masque de carnaval.

Boris soupira en reposant la photo sur le bureau directorial :

— Vous croyez que son assassin lui a arraché la peau du visage pour ne pas qu'on la reconnaisse, patron ?

Badolini secoua la tête :

— Il semblerait que non. D'après les experts, c'est tout simplement son long voyage à travers les galeries souterraines qui l'a mise dans cet état. Poussé par les courants, le corps a été tout simplement... râpé par les rochers, jusqu'au résultat que vous avez sous les yeux.

— Du coup, fit Aimé Brichot, elle est impossible à identifier.

— Pour l'instant, reprit Badolini. Les légistes sont sur le coup, mais jusqu'à présent, ça n'a rien donné.

Corentin se racla la gorge :

— Au fait, patron, on est bien sûr qu'il s'agit d'un meurtre ? Cette pauvre fille n'a pas pu tomber accidentellement dans un trou, une crevasse de montagne, est-ce que je sais ?...

Badolini secoua lentement la tête et lui tendit à nouveau la photo.

— Si vous observez bien, dit-il, vous constaterez qu'elle a encore sur elle des lambeaux de vêtements. Et pas n'importe quels vêtements. Les quelques morceaux qui restent faisaient partie d'une tenue très spéciale : de la lingerie coquine, ultra-provocante, même. De la lingerie de pute, comme on dit vulgairement. Bref, le genre d'attirail qu'on porte à l'intérieur, en général pour exciter le mâle. J'imagine mal une fille se promenant dans la montagne dans cette tenue.

— Évidemment, patron... soupira Boris.

— C'est d'ailleurs cette tenue, ou ce qu'il en reste,

poursuivit Badolini, qui a donné aux gars du SRPJ [1] d'Avignon l'idée de nous transmettre le dossier. Ils ont tout de suite flairé le côté « Mondaine » de l'affaire.

— Ils n'ont peut-être pas eu tort... murmura Corentin, le nez sur la photo.

Il désigna du doigt un détail de l'image :

— D'ailleurs, regardez, elle porte encore autour du cou ce qu'on appelle un collier de chien. En cuir, avec des clous en forme de piques. Il y a même un médaillon attaché dessus...

Charlie Badolini sortit une deuxième photo de son dossier et la lui tendit :

— Bravo pour le coup d'œil, Boris. Tenez, c'est l'agrandissement du médaillon en question. Toujours d'après nos experts, il s'agit d'une reproduction de ce que les bouddhistes appellent la « Roue de la Vie ». Elle symbolise les réincarnations successives de l'individu, paraît-il, jusqu'au fameux Nirvana.

Corentin demeura pensif un instant, une ride de concentration lui barrant le front.

— Je me demande si ce ne serait pas une sorte d'indice, lâcha-t-il enfin.

— Un indice de quoi ? fit Badolini.

Boris haussa les épaules :

— Je ne sais pas trop. Ça veut peut-être dire qu'il y a une quelconque filière asiatique dans le coup, ou quelque chose comme ça... Tout ça est assez vague, je dois dire.

Il porta la main à la poche intérieure de son blouson de daim et s'interrompit net :

---

1. Service Régional dc Police Judiciaire.

— Vous permettez que je fume, patron ?

— Mais oui, Boris, allez-y, fit Badolini avec un sourire indulgent. Mais vous devriez peut-être voir ce film, vous aussi.

— Quel film ? interrogea Aimé Brichot avec des yeux ronds.

— Je te raconterai, lui dit Boris en allumant une de ses Gitanes légères blondes.

On frappa à la porte et Badolini cria d'entrer. Le capitaine de police Rabert et le lieutenant Tardet firent leur apparition. [1] Rabert empoignait, comme d'habitude, un volumineux sandwich. Tardet, lui, avait dans la main ce qui ressemblait à une vidéocassette.

— Excusez-nous de vous déranger en plein rendez-vous, patron, fit ce dernier. Mais on a un truc intéressant qui vient de nous arriver, de la part de nos collègues de Singapour.

Badolini leva un sourcil interrogateur :

— De Singapour ? Qu'est-ce que nos estimés collègues de Singapour peuvent bien nous vouloir ?

— Eh bien, poursuivit Tardet, ils sont sur la piste d'un réseau de films d'un genre un peu particulier, un réseau qui sévit dans plusieurs pays d'Extrême-Orient, et ils ont des raisons de penser que ces films sont tournés en France.

— Tiens donc ! soupira Badolini. Il ne manquait plus que ça.

Il jeta un regard en dessous à Corentin et Brichot avant d'ajouter :

— De toute façon, nous en sommes au point mort

---

1. Rabert et Tardet constituent l'autre équipe de choc de la section des Affaires Recommandées.

avec l'affaire qui nous occupe. Alors, autant, passez-moi l'expression, nous « distraire » cinq minutes.

Il désigna le téléviseur avec son lecteur vidéo, dans l'angle du bureau.

Tardet s'empressa, tandis que Rabert mâchouillait toujours son sandwich.

— Un petit creux, Rabert ? ironisa Badolini.

— Toujours vers cette heure-ci, patron, répondit Rabert la bouche pleine.

Tardet appuya sur la touche *play* et l'image apparut.

Une image fixe.

À tel point qu'on aurait pu croire que le lecteur vidéo était en panne. Mais dans un coin de l'écran, les flammes d'un feu de bois dansaient doucement. La fixité du plan était donc intentionnelle.

Dès la première seconde, Boris Corentin se raidit comme un chien de chasse qui vient de flairer le gibier.

Le film montrait une fille, d'une vingtaine d'années à première vue, qui ne portait qu'un soutien-gorge découpé de manière à laisser dépasser ses seins volumineux, et un porte-jarretelles sans culotte qui ne cachait rien de son anatomie la plus intime. D'autant qu'elle était cambrée au maximum, à genoux et les jambes écartées. Elle avait les mains attachées par des menottes à la poignée d'un radiateur qui se trouvant au-dessus de sa tête, l'obligeait, du fait de sa position agenouillée, à creuser les reins à l'extrême.

Elle était d'une immobilité rigoureusement parfaite. Seule la caméra, au bout d'un long moment, se mit à bouger, opérant des demi-cercles autour d'elle, avec, régulièrement, des zooms sur telle ou telle partie de son anatomie.

Ses reins creusés formaient une sorte de « plateau » sur lequel était posé un long fouet dont les lanières pendaient jusqu'au sol. Un magnifique sol en tommettes, assorti aux éléments du décor qu'on apercevait au gré des mouvements de caméra. Un décor qui, apparemment, était celui d'un magnifique et luxueux salon, meublé dans le style provençal.

— Le fouet... murmura Boris, c'est un fouet à chiens chinois.

Quatre regards interrogateurs se tournèrent vers lui.

— Il est en cuir tressé, le manche et les lanières ne formant qu'une seule pièce, poursuivit-il. Avec la filière asiatique qu'on évoquait tout à l'heure, le réseau extrême-oriental dont cette cassette provient, le médaillon bouddhiste du cadavre... ça commence à faire beaucoup, non ? Attendez !

Il avait presque crié, faisant sursauter tout le monde.

— Tardet, lança -t-il, tu peux me faire un arrêt sur image, là ?... Oui, c'est ça, juste là !

Tardet obéit. Corentin s'avança vers l'écran. L'image était arrêtée sur un gros plan du visage de la fille, une jolie brune aux yeux en amande. Mais ce n'était pas son visage qui avait retenu l'attention de Boris. Il posa le doigt un peu en dessous, à la hauteur de son cou.

Son cou, affublé d'un collier de chien rigoureusement identique à celui du cadavre de la photo.

Un collier de chien auquel était attaché exactement le même médaillon bouddhiste.

Il se redressa avec un sourire de triomphe.

— Cette fois, je crois qu'on n'est plus du tout au point mort, comme vous dites. N'est-ce pas, patron ?

Badolini, bon prince, ne releva pas la pique de son

subordonné. Il se contenta de hocher la tête pour marquer son approbation.

— Eh bien, dit-il, on dirait que le hasard fait bien les choses. Nous venions de buter sur un bec, sans le moindre indice sérieux, et voilà que nos collègues singapouriens viennent nous mettre sur la voie !

— En d'autres termes, fit Brichot en remontant de l'index ses lunettes de myope sur l'arête de son nez, il semblerait que notre problème et la bande vidéo de Rabert et Tardet relèvent d'une seule et même affaire.

Il toussota légèrement et ajouta :

— Ce que je ne comprends pas, c'est que la fille de ce film semble se porter à merveille, malgré l'inconfort de sa position, alors que la « nôtre », si j'ose dire, est morte. Si elle aussi, avant de mourir, a servi de modèle à un film du même genre, ce que tout nous porte à croire, je ne m'explique pas ce qui a pu se passer exactement.

— Une bavure, fit Corentin. Un accident, tout simplement. À moins que... Tardet, tu veux accélérer jusqu'à la fin du film, s'il te plaît ?

Tardet s'exécuta. Ce qui permit à chacun de constater qu'à la fin du film en question, la fille était toujours vivante.

— Ça confirme ce que je pensais, fit Boris. La « nôtre », comme tu dis, Mémé, a été victime d'un accident. Peut-être à cause de sa position, qui lui a brisé les cervicales, ou quelque chose comme ça. J'en mettrais ma main au feu. La suite n'est pas difficile à deviner. Le réalisateur du film a paniqué, et il s'est tout simplement débarrassé du cadavre en le jetant dans une crevasse montagneuse quelconque. Malheureusement pour lui, ce qu'il ne savait pas, c'est que cette crevasse, ou ce puits, était relié par tout un réseau de rivières souterraines à la Fontaine-de-Vaucluse. Où il est ressorti.

— Oui, mais dans quel état ! fit sombrement Badolini. Enfin... peut-être qu'à défaut, on pourra identifier la fille du film. Et si on la retrouve, on devrait pouvoir remonter jusqu'à l'auteur de ces saloperies...

— Je ne crois pas qu'il sera nécessaire de se donner tant de mal, lâcha soudain Aimé Brichot.

Les quatre autres personnes présentes se tournèrent vers lui d'un seul mouvement. Ménageant ses effets, Brichot tortillait le bout de sa petite moustache blonde entre le pouce et l'index, avec un sourire en coin.

— Nous sommes tout ouïe, fit Boris. À moins que tu ne préfères qu'on revienne demain, pour le prochain épisode ?

Le sourire de Brichot s'accentua :

— C'est drôle que tu me parles d'épisode, Boris, fit-il, parce que c'est justement de ça dont il est question.

— Vous allez nous dire ce que vous avez en tête, à la fin, s'impatienta Badolini, où est-ce qu'il faut vous coller un projecteur dans la figure, comme au bon vieux temps ?

— Ce ne sera pas nécessaire, patron, fit calmement Brichot. Voilà : pendant que vous vous rinciez l'œil, tous, à contempler les formes de cette ravissante créature, moi, j'ai regardé le décor.

— Tu es un mari exemplaire, fit Boris. Et alors ?

— Et alors, poursuivit Aimé, ce décor est exactement celui du feuilleton que je regarde à la télé avec mes filles, tous les dimanches après-midi. Ça s'appelle « Cœurs en été ». C'est assez navrant, je dois dire, mais les jumelles insistent pour que je le regarde avec elles.

Boris contempla un moment Brichot sans pouvoir dire un mot, la bouche ouverte de stupéfaction.

— Tu es certain de ce que tu avances, Mémé, demanda-t-il enfin. Absolument certain ? C'est bien le même décor ?

Brichot plongea son regard bleu dans celui de sa flèche [1] et lâcha d'une voix ferme :

— Absolument certain. Au détail près.

1. Le premier des deux, dans une équipe de policiers.

CHAPITRE III

Allongé sur son transat mais le buste relevé, Alain Lévêque contempla une fois de plus le somptueux décor de cinéma qui s'étalait devant ses yeux. À ses pieds, la piscine de star à débordements de la villa présentait une surface lisse comme un miroir, où se reflétaient les dernières lueurs du jour. Au-delà, la falaise plongeait directement dans la Méditerranée, quelque cinquante mètres plus bas. Et là-bas, très loin, à l'horizon, un gros soleil rouge commençait de s'enfoncer lentement dans la mer, en l'éclaboussant de fulgurances ensanglantées.

Oui, c'était vraiment un décor de cinéma. Digne des plus beaux films hollywoodiens. Ceux de la grande époque. En pensant qu'il servait de cadre aux aventures insipides d'une bande d'adolescents attardés, Alain Lévêque se dit une fois de plus que, décidément, la vie n'avait aucun sens. « *Est-ce que ce monde est sérieux ?...* » Cette interrogation, extraite d'une chanson de Francis Cabrel, lui venait souvent à l'esprit. Dans le fond, elle résumait toute sa philosophie, qui aurait également pu se résumer par : rien n'a d'importance.

D'un autre côté, il se disait parfois que son « j'm'enfoutisme » de naissance était à l'origine de son manque d'ambition. Ce manque d'ambition qui avait fait de lui un raté. Car c'était bien ce qu'il était, dans le fond : un raté. Alain Lévêque avait beaucoup de défauts, mais il était intelligent. Et suffisamment lucide pour ne pas se raconter d'histoires à propos de lui-même.

Déjà un mois s'était écoulé depuis l'accident qui avait coûté la vie à la jeune Albanaise, Alma Stovia. Un mois, depuis cette journée terrible où, malgré lui, sa vie avait basculé dans le meurtre.

Le meurtre involontaire... mais le meurtre quand même.

Alain Lévêque : réalisateur raté, feignant, fêtard, dragueur invétéré... et depuis peu, assassin.

Joli bilan.

Enfin... Il avait réussi à se débarrasser du corps sans se faire repérer. Tout en regrettant sincèrement ce qui était arrivé à cette pauvre fille, il ne pouvait pas s'empêcher d'être assez fier de son exploit. Vu l'endroit où il avait fait disparaître le cadavre, personne n'en retrouverait jamais la trace.

Dans le genre, c'était une réussite que bien des tueurs professionnels pourraient lui envier.

N'empêche que depuis cet événement tragique, Alain Lévêque n'était plus tout à fait le même. Il y avait de quoi, d'ailleurs. Être responsable de la mort de quelqu'un, c'était une expérience qu'il ne souhaitait à personne, même à son pire ennemi.

Les jours qui avaient suivi la mort d'Alma Stovia, il avait eu le plus grand mal à se concentrer sur son travail de réalisateur. Il était obsédé par ce qu'il avait fait. Et terrifié à l'idée que quelqu'un pourrait découvrir son forfait. À tout instant, il se tournait vers les gigantesques grilles de la villa, où un gardien veillait en permanence, en s'attendant à y voir apparaître une voiture pleine de flics venus l'arrêter. À chaque fois que le téléphone sonnait, il sursautait violemment, persuadé que c'était la police.

Ou, pire encore, la voix anonyme d'un maître-chanteur menaçant de le dénoncer.

Le moindre problème technique le mettait dans une colère noire. Le moindre cafouillage dans son texte, de la part d'un acteur ou d'une actrice, déclenchait chez lui des accès de fureur hystérique, lui qui, d'habitude, prenait ça en souriant et affirmait qu'« on s'en foutait ».

Autour de lui, toute l'équipe de tournage se demandait ce qui pouvait bien lui arriver. Quelle mouche l'avait piqué ? Est-ce qu'il était malade ? Est-ce qu'il faisait une dépression ?...

Quand ses plus proches collaborateurs et amis l'interrogeaient, il se contentait de répondre qu'il était un peu déprimé, en ce moment, mais que ça allait passer.

Et c'était ça, le plus terrible : ne pouvoir se confier à personne. Être obligé de porter tout seul un secret qui l'écrasait, l'étouffait, l'empêchait de respirer...

Au fil des jours, pourtant, il avait peu à peu retrouvé sa sérénité. Rien ne s'était passé, aucun policier n'était venu l'interroger, le souteneur russe d'Alma – qui ignorait son nom et son adresse, heureusement – ne s'était pas manifesté... Il n'y avait même pas eu une ligne dans les journaux locaux, sur la disparition mystérieuse de cette pauvre fille.

Et pourquoi y en aurait-il eu, d'ailleurs ?

Alma n'avait pas de famille, plus de nationalité, pas de papiers officiels...

Administrativement, c'était comme si elle n'existait pas.

Et faire disparaître quelqu'un qui n'existe pas, c'était probablement ce qui se rapprochait le plus du crime parfait.

N'empêche qu'Alain Lévêque n'avait pas encore refait un de ses films « spéciaux ». Instinctivement, il s'était dit que pour sa propre sécurité, il valait mieux laisser passer un peu de temps.

Mais il envisageait de plus en plus sérieusement de reprendre cette activité aussi secrète que lucrative, maintenant que tout danger semblait définitivement écarté.

Ce soir, il avait éprouvé le besoin de se détendre un peu, et de s'offrir une petite récréation. Alors, il avait mis un terme à la journée de tournage deux heures avant l'horaire habituel, et avait donné congé à toute l'équipe.

À l'exception de Sabrina, l'une des vedettes de la série.

Elle avait dix-neuf ans, un corps à donner des cauchemars aux promoteurs du Viagra... et ce qui ne gâtait rien, c'était une salope comme il en avait rarement rencontré.

Pendant qu'Alain Lévêque réfléchissait en regardant le soleil se coucher dans la mer, Sabrina, entièrement nue, était agenouillée sur le transat, entre ses jambes écartées, et lui prodiguait une fellation lente et diaboliquement savante.

Une science pareille, à dix-neuf ans, c'était un véritable prodige. Et le plus beau, c'était que Sabrina aimait vraiment ça, ce qui ajoutait encore au plaisir de l'homme. Elle ne faisait pas semblant, comme tant d'autres, mais ronronnait d'un plaisir sincère à chaque fois qu'elle engloutissait lentement le membre de son partenaire, tendu à éclater. À croire qu'elle avait le clitoris au fond de la gorge, comme l'héroïne du célèbre film erotico-thriller *Gorge profonde*. Sabrina était capable de sucer, de lécher, d'agacer, de titiller de la pointe de sa langue un membre masculin pendant des heures, sans se fatiguer et sans jamais rien exiger pour elle-même.

Le rêve de tout mâle qui se respecte.

Alain Lévêque avait beau avoir la tête ailleurs, ce soir, Sabrina avait fini par le conduire au bord de l'explosion. À présent, il gémissait d'un plaisir presque douloureux à chaque fois qu'elle l'engloutissait jusqu'à ce qu'il vienne buter au fond de sa gorge, à chaque fois qu'elle descendait pour lécher, puis avaler l'un après l'autre, les sacs soyeux qui reposaient entre ses cuisses, à chaque fois qu'elle remontait pour torturer de la pointe de sa langue le dessous et le pourtour du champignon violacé qui semblait sur le point d'exploser...

— Je n'en peux plus, gémit Alain Lévêque en laissant aller sa tête en arrière. Fais-moi jouir, je t'en supplie.

Sabrina l'abandonna un instant et le regarda avec un sourire de tigresse :

— Bien, monseigneur, dit-elle. Et dans quelle partie de moi-même monseigneur désire-t-il se vider les couilles ?

— Dans ta bouche... Fais-moi jouir dans ta bouche.

— À vos ordres, monseigneur, fit Sabrina, avant

d'engloutir à nouveau le membre tendu à éclater du réalisateur.

Elle accéléra son mouvement de va-et-vient, tout en accentuant la pression de ses lèvres autour de lui.

Le résultat ne se fit pas attendre plus de quelques secondes.

Avec des spasmes de plaisir qui lui secouèrent tout le corps et des râles de jouissance, Alain Lévêque se déversa au fond de la gorge de Sabrina à longs jets impétueux, interminables, avec une abondance proportionnelle à l'attente qu'il avait endurée.

Sabrina fut surprise par la générosité du don qu'il lui faisait, et manqua s'en étouffer. Elle le garda pourtant dans sa bouche, jusqu'à ce qu'elle eut extrait, puis avalé, la dernière goutte de la liqueur d'homme.

Quand la virilité d'Alain Lévêque sortit enfin d'entre les lèvres de Sabrina, elle était presque flasque, tant la jeune femme avait continué la pression de ses lèvres et de sa langue autour de lui, jusqu'à ce qu'il n'y ait plus rien, absolument plus rien, à en tirer.

Il était véritablement vidé, au sens propre du terme.

— Tu es géniale, soupira-t-il. Sublime. S'il y avait un Oscar de la pipe, tu le remporterais à tous les coups.

— Merci, fit Sabrina en se levant. Je te sers un verre de rosé bien frais, pour te remettre de tes émotions ?

— Bonne idée. Et à toi aussi, tu l'as bien mérité.

Sabrina s'empara de la bouteille qui trempait dans un seau à glace et leur servit deux verres. Ils burent en silence, en contemplant le derniers feux du coucher de soleil.

— Bon, dit Sabrina en reposant son verre vide.

C'est pas tout ça, il faut que je rentre chez moi, maintenant. Il faut que je m'offre une bonne nuit de sommeil, si je veux être rose et pimpante demain matin, pour le tournage.

— Vas-y, ma belle, et dors bien, fit Alain en lui caressant affectueusement les fesses à travers le jean qu'elle venait de remettre.

Sabrina lui déposa un baiser furtif sur les lèvres, et descendit d'une démarche joyeuse vers le bas du parc, où elle avait garé sa Renault Twingo. Alain Lévêque entendit le moteur se mettre en marche, la voiture rouler jusqu'aux grilles, s'arrêter le temps qu'elles s'ouvrent... puis s'éloigner.

Il n'était pas vraiment tard. Avant de rentrer lui-même à son hôtel, il irait s'offrir une petite bouffe en solitaire, dans un des bistrots du vieil Antibes.

Mais avant, il fallait qu'il vérifie quelque chose. En l'occurrence, l'état de ses comptes. De ses comptes secrets, bien entendu. Ceux qui correspondaient à la vente sur Internet de ses films « spéciaux ».

Il rentra dans la villa. Sur la table du salon trônait son ordinateur portable personnel. Profitant de ce qu'il était seul, il se brancha sur Internet et ne tarda pas à établir une liaison avec son contact secret. Celui de Singapour. Celui qui assurait le relais entre Alain Lévêque et ses clients orientaux. Et qui tenait les comptes, par la même occasion.

L'homme en question s'appclait Li. Alain Lévêque l'avait rencontré, jadis, au cours de ses pérégrinations dans cette partie du monde. Ils s'étaient trouvés de nombreux points communs – notamment une morale plutôt élastique – et avaient tout de suite sympathisé.

Alain Lévêque avait une confiance totale en son

complice. Il savait que Li ne le trahirait jamais. Et puis, il en savait autant sur lui que l'inverse. Rien de tel, c'est bien connu, pour renforcer les liens et s'assurer de la fidélité des vieux amis.

Quand le réalisateur eut devant les yeux les colonnes de chiffres correspondant aux ventes de ses films clandestins, il eut un choc.

Celui où figurait Alma Stovia, celui qui, à la fin, la montrait morte en gros plan, avait battu tous les records de vente.

En gros, il avait rapporté près de dix fois le montant habituel.

Alain Lévêque reprit le dialogue informatique avec son contact. Les deux hommes, auparavant, avaient pris la précaution habituelle pour éviter que leur conversation ne tombe sous des yeux indiscrets. Cette précaution consistait pour chacun d'eux à taper le même code secret avant de commencer à communiquer. Après quoi, ils n'avaient plus qu'à s'exprimer normalement : pour tout autre qu'eux, l'écran resterait vierge.

La première phrase de Li qui apparut sur l'écran fut :

— Tu as vu les chiffres ? Pas besoin de commentaires. Ça les a tous rendus dingues. Désormais, c'est ça qu'ils veulent, et pas autre chose. Autrement, ils seront déçus et tu perdras leur clientèle. Dans le cas contraire, ta fortune est faite. Pour de bon, cette fois. Qu'est-ce que tu en penses ?

Alain Lévêque attendit un peu avant de répondre.

Pour la bonne raison qu'il ne savait pas quoi répondre.

Il gagna du temps en répondant à la question par une autre :

— Est-il possible de bétonner encore davantage les mesures de sécurité ?

— Oui, répondit Li. On peut renforcer les codes d'accès en les augmentant de quatre chiffres.

— Et les cassettes que certains clients tirent des images Internet ? Si elles arrivent en France, on risque de reconnaître le décor. Est-ce qu'on peut s'assurer qu'elles ne sortiront pas du circuit privé asiatique ?

Cette fois, la réponse tarda un peu :

— Pas à cent pour cent. Mais c'est dans l'intérêt de notre clientèle autant que dans le nôtre. Plus les images sont compromettantes pour eux, plus ils prendront de précautions et feront tout pour qu'il n'y ait pas de fuites.

Devant l'écran de son ordinateur, Alain Lévêque soupira longuement.

Ce qu'on lui proposait, c'était ni plus ni moins de basculer dans le crime.

Intentionnel, cette fois.

Et à répétition.

Or, il ne se sentait pas l'âme d'un assassin.

Mais en même temps, les chiffres qu'il venait de voir continuaient de danser devant ses yeux, comme une tentation offerte par le Diable lui-même.

La fortune, la vraie, cette fois... en échange du crime.

Voilà le marché qu'on venait de lui mettre en mains.

Il était simple.

Et terrifiant.

Alain Lévêque décida de s'accorder la nuit pour réfléchir.

Il tapa sur son clavier un dernier message à l'adresse de Li :

— J'ai bien compris la proposition. J'ai besoin d'y réfléchir. Je te contacte à la même heure, demain soir. Salut.

Il coupa la communication et éteignit son ordinateur.

Puis il retourna sur la terrasse, au bord de la piscine, et se servit un nouveau verre de rosé. Son verre à la main, il arpenta le bord de la piscine en regardant la mer.

Au loin, croisaient de superbes yachts. Le genre de bateau que les badauds se bousculent pour admirer, quand ils sont amarrés dans le port de Saint-Tropez...

La plupart de ces navires, qui coûtaient souvent plusieurs dizaines de millions de francs, appartenaient à des hommes qui s'étaient enrichis en faisant preuve, tout au long de leur vie, d'une absence totale de scrupules.

Certains d'entre eux étaient même des criminels. Des trafiquants de drogue, qui assassinaient des gosses dans le monde entier en leur vendant leur saloperie. D'autres avaient fait fortune en se contentant de blanchir l'argent de la drogue. D'autres encore s'étaient constitué des pactoles faramineux en détournant à leur profit les fonds de multinationales où ils occupaient des postes importants.

Et le plus beau, c'était que la plupart de ces hommes étaient respectés, décorés, reçus avec tous les honneurs par les chefs d'État...

Alain Lévêque repensa à Alma, l'Albanaise. Il imagina celles qui suivraient le même chemin qu'elle, s'il acceptait l'offre qu'on lui faisait.

Évidemment, il avait trouvé le moyen de faire disparaître les cadavres. C'était déjà un aspect positif important. Un aspect qui pesait lourdement dans la balance et constituait un élément non négligeable dans le choix qu'il avait à faire.

Alma Stovia n'était pas remontée... Les autres, c'était certain, ne remonteraient pas non plus.

N'empêche que, moralement, le problème restait entier.

Dans sa tête, les montagnes d'argent se cognaient aux cadavres qu'il imaginait déjà. Des cadavres de filles jeunes et souriantes...

Pendant un long moment encore, Alain Lévêque contempla rêveusement les yachts de milliardaires qui laissaient sur la mer des sillons luisants.

Il vida son verre de rosé, et après un interminable temps de réflexion, murmura pour lui-même :

— Après tout... l'argent n'a pas d'odeur.

CHAPITRE IV

— Dis donc, Boris, fit Aimé Brichot, depuis la dernière fois que je suis passé par ici, on dirait que les affaires ont repris de plus belles dans le secteur...

— En effet, Mémé, fit Boris. Il va peut-être falloir qu'on s'en occupe sérieusement, un de ces jours.

Dans leur Mégane de service, ils roulaient au ralenti sur la contre-allée de l'avenue Foch, dans la direction place Charles-de-Gaulle-porte Dauphine. C'est-à-dire du côté pair de l'avenue, qui était depuis toujours le plus fréquenté par les prostituées. Ou plutôt, les « amazones », comme on appelait les filles qui tapinaient en voiture.

Celles-ci étaient garées à gauche de la chaussée, à moitié à cheval sur le trottoir pour ne pas bloquer la circulation, et feux de position clignotants pour se signaler à l'attention d'éventuels clients. Ces feux clignotants, c'était un peu l'équivalent moderne des traditionnelles lanternes rouges qui brillaient au-dessus de la porte des maisons closes.

Aujourd'hui, dans la partie basse de la contre-allée, les voitures des amazones étaient garées quasiment pare-chocs contre pare-chocs. Et pas n'importe quelles voitures : coupés Mercedes, BMW, Jaguar...

— Eh bien soupira Aimé Brichot, c'est la classe, ici !

Apparemment, la crise n'a pas l'air d'avoir frappé le haut de gamme de la prostitution…

— Comme tu dis, Mémé, fit Boris en répondant mécaniquement au sourire aguicheur d'une superbe blonde assise au volant d'une Mercedes.

— Quand je pense aux pauvres filles qui font le tapin rue Saint-Denis, debout dans la rue des journées ou des nuits entières, par tous les temps...

— Eh oui, Mémé, sourit Boris, il y a des inégalités dans tous les métiers. Même le plus vieux du monde. Remarque, quand les clients sont moches, répugnants ou sadiques, les filles ne sont pas mieux logées avenue Foch que rue Saint-Denis.

— Peut-être, dit Brichot, mais j'imagine que les tarifs qu'elles pratiquent ici doivent les aider à supporter ces moches, répugnants ou sadiques comme tu dis…

Corentin lui adressa un sourire en coin :

— Tiens, tu me donnes une idée : si on allait se renseigner sur les tarifs, histoire de mettre un peu à jour nos informations dans ce domaine... ?

La petite moustache blonde d'Aimé Brichot se tordit légèrement en une moue peu enthousiaste :

— Tu y tiens vraiment ? Je te rappelle que nous avons un rendez-vous important, et que...

— Nous y sommes, à notre rendez-vous, le coupa Boris en désignant un magnifique hôtel particulier situé juste à leur hauteur. Et avec dix minutes d'avance, en plus.

— Bon, d'accord, grommela Aimé. Mais je t'attends dans la voiture. Tu viendras me chercher quand tu auras fini ton étude de marché.

Boris se gara à la manière des « amazones », deux

roues sur le trottoir, sortit de la voiture et marcha vers un cabriolet sport BMW rutilant, garé à une vingtaine de mètres derrière la Renault Mégane. En s'approchant, il constata que la fille assise au volant était une métisse absolument sublime, qui aurait aussi bien pu faire la couverture de *Elle* ou de *Vogue*. Elle était vêtue d'un tailleur Chanel qui avait l'air absolument authentique, d'un chemisier de soie crème, et portait un double rang de perles et des bracelets en or d'un goût impeccable. Bref, rien de l'attirail traditionnellement vulgaire et provocant de la pute, selon l'imagerie traditionnelle. Seul un porte-jarretelles, dont les bretelles dépassaient légèrement de sa jupe de tailleur, donnaient à sa tenue quelque chose de délicatement coquin. Et plutôt excitant, Boris devait en convenir, malgré son absence totale d'attirance pour les prostituées.

Il se pencha à la portière avec un grand sourire, que la fille lui rendit aussitôt. Un sourire certainement sincère, à l'idée d'avoir pour client ce suberbe athlète bouclé, aux yeux de braise et au physique de star de cinéma.

Ça ne devait pas lui arriver tous les jours.

— Je vous emmène ? demanda-t-elle en accentuant son sourire.

— Je crains que, belle comme vous êtes, vous ne soyez un peu au-dessus de mes moyens, fit Boris d'un air modeste. Pour être tout à fait franc avec vous, je voulais surtout me renseigner sur les tarifs.

Sans se démonter, la fille lui énuméra son « menu » avec la conscience professionnelle d'un maître d'hôtel récitant par cœur la liste des desserts :

— Eh bien, pour une simple fellation en voiture, avec préservatif, bien sûr, c'est cinq cents francs. Pour l'amour en voiture, toujours avec préservatif, c'est mille francs. Mais pour quatre mille francs, je peux vous emmener chez moi et vous faire passer deux heures très agréables...

— Je n'en doute pas, fit Corentin. Et pour la nuit entière ?

La fille lui renvoya dans un nouveau sourire l'éclat de ses dents d'une blancheur étincelante :

— Alors là, évidemment, c'est plus cher : dix mille francs. Mais croyez-moi, vous ne le regretterez pas.

Boris ne put retenir un léger sifflement :

— Pour ce prix-là, je l'espère sincèrement.

— Alors, demanda la fille d'une voix pleine d'espoir, on y va ?

Elle perdit son sourire quand Boris lui répondit :

— Hélas non. Mais le temps de rassembler un peu d'argent liquide et je reviendrai certainement vous voir. Vous êtes là tous les jours ?

— Tous les jours. Au même endroit. Si vous ne me voyez pas, c'est que je suis en main. Attendez-moi. Ça me ferait plaisir de m'occuper de vous.

— Je meurs déjà d'impatience, fit Boris en lui adressant un sourire carnassier. À très bientôt.

— À bientôt, répondit la fille.

Elle le regarda s'éloigner avec un petit sourire triste. Encore un fauché qu'elle ne reverrait jamais.

Corentin frappa à la vitre de la Mégane et Brichot le rejoignit sur le trottoir.

— Alors, fit-il, on t'a proposé des choses intéressantes ?

— Intéressantes, mais hors de prix. Absolument pas dans nos moyens, vieux frère. Il va falloir que tu te contentes de ta femme. Et moi...

— De toutes les autres. Si tu crois que je vais pleurer sur ton sort... !

Corentin lui administra un léger coup de coude en lui désignant le bâtiment devant lequel ils se trouvaient :

— Dis donc, tu as vu ça ? C'est Versailles, en à peine plus petit.

Aimé Brichot hocha la tête en silence, en contemplant le superbe hôtel particulier du financier Édouard Fernbach. Celui-ci était l'une des plus grosses fortunes de France, ce qu'on n'avait aucun mal à croire quand on se trouvait devant son « petit pied-à-terre » parisien, selon l'expression qu'il avait utilisée au téléphone, en leur donnant rendez-vous.

L'hôtel particulier d'Édouard Fernbach occupait tout un pâté d'immeubles, dans la partie inférieure de l'avenue Foch. Il avait quatre étages, et chacun était orné, à l'extérieur, de frises à l'italienne et d'angelots de pierre. La hauteur exceptionnelle des fenêtres témoignait de celle des plafonds. Quant au porche d'entrée, à une dizaine de mètres après la grille donnant sur l'avenue, il était carrément monumental, avec d'immenses chiens danois sculptés grandeur nature, montant la garde de chaque côté.

— Quand je pense qu'il loue sa résidence d'Antibes pour des tournages, fit Boris. On se demande bien pourquoi… Il est plusieurs fois milliardaire. Ce que lui rapporte cette location doit représenter une goutte d'eau dans l'océan de sa fortune...

— C'est bien connu, fit Brichot : plus on est riche, plus on en veut. Et puis, il n'y a pas de petits profits.

Boris appuya sur la sonnette sans qu'un son ne lui parvienne en retour. La maison était si grande que la sonnerie de l'entrée, résonnant quelque part dans les profondeurs de l'immeuble, ne parvenait pas jusqu'aux oreilles des visiteurs.

Au bout d'un temps assez court, pourtant, un majordome en veste et gants blancs vint leur ouvrir.

— En effet, Monsieur vous attend, dit-il cérémonieusement en s'écartant pour les laisser entrer, une fois qu'ils se furent présentés.

Ils traversèrent un hall de marbre gigantesque, décoré de miroirs anciens en boiseries dorées à l'or fin, de commodes Louis XIII et de statues antiques représentant des guerriers romains grandeur nature. Plusieurs portes donnaient sur ce hall, mais le majordome les négligea, comme il ignora l'ascenseur grillagé pour leur faire monter un vaste escalier à double révolution, comme on n'en trouve généralement que dans les châteaux.

Heureusement pour Aimé Brichot, qui commençait déjà à être essoufflé, le bureau d'Édouard Fernbach se trouvait au premier étage. Le majordome frappa à une immense double porte en chêne sculpté. Une petite voix lointaine cria « Entrez ! » Le majordome ouvrit la porte et s'écarta une fois encore pour les laisser passer.

Mais cette fois, il ne les suivit pas et referma la porte derrière eux.

Le bureau dans laquelle les deux policiers pénétrèrent avait au moins la taille d'un F4. La moitié de cet espace était consacrée à la partie salon, l'autre à la partie bureau proprement dit. L'ensemble était, à première vue, de style Louis XV. Les murs étaient recouverts de boiseries et de rayonnages remplis de reliures précieuses. Le sol de marbre était presque entièrement dissimulé par un gigantesque tapis très ancien, vu l'usure, représentant une scène de bataille. Le genre de chose dont le prix ne se calcule pas au mètre carré, comme une vulgaire moquette, mais en autant de millions de francs qu'elle a de siècles d'existence.

Édouard Fernbach se leva et fit le tour de son bureau pour les accueillir. Il avait près de quatre-vingts ans, mais il devait mesurer un mètre quatre-vingt-dix au bas mot. Il avait dû être corpulent, mais bien qu'ayant maigri avec l'âge, c'était encore un colosse. Sa tête semblait légèrement plus grosse qu'elle n'aurait dû l'être, par rapport au reste de son corps, et elle évoquait celle d'un vieux pachyderme. L'homme avait les traits épais et tombants, une bouche aux lèvres sensuelles, un gros nez rond et des petits yeux rapprochés et malicieux. Mais ce qui évoquait le plus le pachyderme chez lui, c'étaient ses oreilles. Elles étaient immenses, légèrement décollées, avec des lobes étirés vers le bas comme si on avait trop tiré dessus.

— Je vous en prie, messieurs, asseyez-vous, fit-il en leur désignant la partie salon de la pièce.

Édouard Fernbach avait une petite voix flûtée, haut perchée et légèrement nasillarde, qui détonnait par rapport à l'ensemble de son physique.

Boris et Aimé prirent place dans deux fauteuils Louis XV. Le maître de maison s'installa au milieu de la banquette qui leur faisait face. Il fallait au moins ça pour accueillir tout son volume.

Il appuya sur une petite sonnette, placée à côté de lui :

— Puis-je vous offrir quelque chose à boire ? J'ai un peu soif, personnellement…

Avant que Boris et Aimé n'aient le temps de répondre, une soubrette fit son apparition. Une soubrette beaucoup plus sexy que le majordome précédemment aperçu. Brune, le nez retroussé et les yeux noisette au milieu d'un joli visage assez spirituel, elle devait avoir vingt ans à peine et portait la tenue traditionnelle : petite robe noire et tablier blanc. Mais sa robe était nettement plus échancrée que l'était d'habitude ce genre de vêtement, et laissait entrevoir une poitrine ronde et ferme dont les pointes dressées semblaient au bord de transpercer le tissu. Le tout, sans le moindre soutien-gorge, ce qui était également assez peu conventionnel. Comme l'était le bas de la robe, fendu jusqu'en haut de la cuisse, et qui laissait entrevoir la bretelle d'un porte-jarretelles de dentelle noire.

Édouard Fernbach commanda un Oban [1] avec de la glace, imité par Corentin et Brichot.

Quand la soubrette s'éloigna, Boris et Aimé ne purent s'empêcher de la suivre un instant du regard. Un regard que surprit l'homme d'affaires.

— Eh oui, fit-il avec un sourire qui rida encore plus son visage parcheminé, que voulez-vous, j'aime m'entourer de jeunes et jolies créatures. Chaque âge à ses plaisirs...

— C'est un plaisir partagé par tous les âges, sourit poliment Boris en retour, tout en se demandant si le vieux Fernbach demandait aussi à sa soubrette des services plus... intimes.

Ça ne l'aurait pas étonné à vrai dire : le personnage avait un côté « vieux vicelard » qui suintait de toute sa personne, au point d'en être presque gênant.

— Eh bien, messieurs, fit-il, que puis-je pour vous ?

---

1. Whisky de douze ans d'âge, au subtil arôme de tourbe, originaire de l'Île de Skye, au nord-ouest de l'Écosse.

— C'est très simple, attaqua Corentin. Nous sommes sur la piste d'un réseau de films un peu spéciaux...

— Des films pornos, vous voulez dire, rigola Fernbach. N'ayez pas peur des mots avec moi, monsieur...

— Corentin.

— Vous et votre collègue, vous êtes bien de la Mondaine, n'est-ce pas ?

— En effet.

— Donc, il y a une histoire de fesses là-dessous, reprit Fernbach et rigolant de plus belle.

— Monsieur Fernbach, fit sévèrement Boris, il y a effectivement une histoire de fesses là-dessous, comme vous dites, mais il y a surtout un meurtre. Et ça, vous en conviendrez, c'est beaucoup moins drôle.

Le milliardaire reprit son sérieux.

— Je ne pouvais pas savoir...

La soubrette refit son entrée à cet instant précis, avec les boissons demandées.

— Excusez-moi, fit Fernbach en se levant brusquement, je profite de cet entracte pour passer un coup de fil urgent et je suis à vous.

La soubrette disposa les verre devant les visiteurs, en s'attardant, l'air de rien, devant Corentin. Elle se pencha devant lui un petit peu plus aussi qu'il n'était absolument nécessaire, pour déposer trois cubes de glace dans son whisky. Ce qui offrit à Boris une vue imprenable sur ses seins ronds et appétissants comme des fruits exotiques, dont il aperçut même les larges aréoles brunes. Avant de se redresser, la jeune femme leva la tête vers lui et lui adressa un sourire qui était tout sauf un simple sourire de politesse. Ce sourire-là était chargé de promesses érotiques, au point que Boris se sentit réagir malgré lui, dans la partie la plus intime de son anatomie.

La bosse qui déformait à présent le pantalon de Corentin n'échappa pas à la fille, qui la regarda avec gourmandise, puis fixa son « heureux propriétaire » en passant rapidement sa langue sur ses lèvres sensuelles. Après quoi, elle quitta la pièce en silence, sans se retourner.

Boris sentit le besoin urgent d'une rasade de whisky.

— Tu as vu ça, Mémé ? dit-il à voix basse. Elle est incroyable, cette fille, elle...

— Et ça, tu l'as vu ? le coupa Brichot en désignant d'un coup de menton discret le fond de la pièce, là où se trouvait le bureau d'Édouard Fernbach.

À côté du meuble en question était installé une sorte de petit central téléphonique à l'ancienne, comme ceux du temps où les demoiselles du téléphone transmettaient les communications en enfonçant des fiches dans un tableau.

Le financier avait exactement le même. En modèle réduit. À ce moment précis, il parlait anglais avec un correspondant qui, d'après sa conversation, devait se trouver quelque part en Amérique. Et juste avant de composer son numéro, il avait enfoncé une fiche dans le tableau.

— Ça alors ! fit Corentin, toujours à voix basse. Qu'est-ce que c'est que ce truc-là ?

— Ce truc-là, fit doucement Aimé, c'est pour faire basculer ses coups de fil personnels sur le standard de ses bureaux, qui doivent se trouver au rez-de-chaussée. Comme ça, la facture de téléphone passe intégralement dans ses frais d'entreprise.

— Mais... il doit y avoir un moyen plus moderne de faire la même chose, non ?

Brichot haussa les épaules :

— Tu sais, à son âge, on est habitué aux anciens systèmes.

Corentin reprit une gorgée d'Oban. Savoureuse.

— Je n'en reviens pas, dit-il. Un conservateur pareil, je crois que je n'en ai jamais vu de ma vie...

Édouard Fernbach raccrocha à ce moment précis et revint vers eux. Grâce aux vingt mètres à vue de nez qui séparaient son coin salon de son coin bureau, il n'avait pas pu entendre la conversation des deux policiers. Ce dont témoignait sa mine toujours aussi souriante.

— Excusez-moi encore, dit-il en se rasseyant et en empoignant son verre. Vous parliez, je crois, de films pornographiques et de cadavres...

— En effet, dit Boris. Vous aimeriez, j'imagine, connaître le rapport qu'il peut bien y avoir entre cette affaire et vous...

— J'allais vous prier de me l'expliquer.

— C'est très simple, dit Corentin. Le film érotique que nous avons intercepté par l'intermédiaire de collègues étrangers a été réalisé chez vous.

Édouard Fernbach faillit en laisser tomber son verre de stupéfaction :

— Quoi ? Mais vous êtes fous ! C'est impossible ! Rigoureusement impossible !

— Monsieur Fernbach, reprit Aimé, calmez-vous, je vous en prie. Vous êtes bien propriétaire d'une villa au Cap d'Antibes, n'est-ce pas ?

— Oui.

— Et d'après nos renseignements, vous louez cette

propriété pour des tournages. Plusieurs mois par an, elle sert de décor à une série télévisée intitulée « Cœurs en été ». Vous êtes au courant, je suppose ?

Édouard Fernbach se calma et haussa les épaules :

— Oui, bien sûr. Mais vous devez savoir aussi bien que moi que cette série est aussi peu pornographique que les émissions religieuses du dimanche matin. C'est un machin pour adolescents, des histoires d'amourettes à l'eau de rose, etc.

— En effet, reprit Brichot. J'en sais quelque chose : mes filles m'obligent à le regarder tous les dimanches...

— Je vous plains.

— Et c'est ce qui m'a permis d'identifier formellement le décor du film érotique : c'est bien celui de votre villa. Ou, devrais-je dire, celui du feuilleton.

Édouard Fernbach écarta les bras en un geste d'impuissance :

— Alors là, je suis sur le cul, pardonnez-moi l'expression. En tout cas, si quelqu'un utilise ce décor pour faire des films illicites, je n'y suis pour rien. Je n'étais absolument pas au courant, je vous prie de me croire.

— Bien, fit Corentin en sortant la cassette de l'intérieur de son blouson. Une dernière formalité, monsieur Fernbach, si vous voulez bien. Nous allons vous demander de bien vouloir visionner cette cassette – une partie seulement, rassurez-vous – pour que vous nous confirmiez officiellement qu'il s'agit bien de votre villa.

— Très volontiers, fit l'homme d'affaires d'une voix lasse.

Il s'empara de la vidéo que Boris lui tendait et alla ouvrir le bas d'une bibliothèque en chêne massif ouvragé. À l'intérieur se trouvait un téléviseur dernier modèle, avec son lecteur vidéo et DVD.

Il inséra la cassette et mit l'appareil en marche.

Du coin de l'œil, Boris et Aimé surveillaient ses réactions. Quand la fille en lingerie érotique, attachée au radiateur avec son fouet chinois sur les reins apparut, Édouard Fernbach ne put retenir un imperceptible sourire de contentement. Visiblement, le spectacle lui plaisait. Mais visiblement aussi, il faisait tous les efforts possibles pour le cacher.

Boris s'empara de la télécommande et accéléra le film, pour qu'à la faveur des changements de plans, on puisse apercevoir d'autres parties du décor.

Édouard Fernbach avait toujours son petit sourire au coin des lèvres. Mais à chaque changement de plan, à chaque fois qu'un nouvel élément de décor apparaissait dans l'image, il hochait la tête d'un air consterné. Ou qui s'efforçait de l'être.

— Oui, finit-il par lâcher, comme à regret. C'est bien le salon de ma villa du Cap d'Antibes. Il n'y a pas à s'y tromper.

Il se leva brutalement :

— Mais je vous jure encore une fois que je n'y suis pour rien ! Et puis, je ne vois pas comment une chose pareille pourrait se faire sans que personne ne le remarque. Dans la journée, il y a cette équipe de tournage, au moins quarante personnes, plus un vigile qui surveille le tout. Et la nuit, un autre vigile surveille la maison en permanence.

Il fit quelques pas en rond sur son tapis hors de prix.

— J'ai peut-être une petite idée, fit-il au bout d'un moment, comme saisi d'une inspiration soudaine. C'est un complot ! Vous savez, un homme comme moi a forcément des ennemis. Il y a sûrement quelque part un type qui a perdu beaucoup d'argent à cause d'une de mes opérations financières et qui veut ma peau. Ça n'aurait rien d'étonnant, après tout. Le monde est plein de fous furieux. Oui, j'imagine très bien un type que je ne connais même pas, et qui s'est amusé à reconstituer au détail près le décor de ma villa pour y tourner ces cochonneries. Ensuite, il n'avait plus qu'à faire en sorte que la cassette tombe entre vos mains, pour me mettre tout ça sur le dos.

Corentin et Brichot se regardèrent en pensant la même chose. Que Boris exprima à voix haute :

— Vous ne trouvez pas que c'est un peu gros ?

Fernbach haussa ses vastes épaules :

— Peut-être, mais c'est la seule hypothèse qui me vienne pour l'instant. En tout cas, je vous invite cordialement à aller visiter ma villa. Je serais le premier surpris que vous y trouviez quoi que ce soit d'anormal ou d'illicite.

— C'est bien ce que nous allons faire, dit Corentin en se levant, imité par Brichot. En attendant, monsieur Fernbach, je vous remercie d'avoir pris le temps de nous recevoir.

— Je vous en prie, c'était la moindre des choses. Dites...

— Oui ? fit Boris.

Le milliardaire avait soudain la mine d'un adolescent gêné, entrant pour la première fois dans une pharmacie pour s'acheter des préservatifs.

— La cassette... dit-il presque timidement.

— Eh bien ?

— Est-ce que je pourrais la garder ? Euh... à titre de documentation, bien sûr.

Corentin retint de justesse un sourire affligé. Leur hôte n'avait pas l'air de mesurer la gravité de la situation. Une fille était morte, probablement assassinée chez lui, et tout ce qui l'intéressait, c'était de pouvoir se rincer l'œil à loisir en se repassant la cassette en séance privée.

— Désolé, dit froidement Corentin, c'est une pièce à conviction.

— Bon, bon, fit Fernbach en les raccompagnant, je n'insiste pas.

Il les raccompagna lui-même jusqu'à la porte de son hôtel particulier.

— Je vous souhaite bonne chance dans votre enquête, leur lança-t-il alors qu'ils étaient déjà dehors. Et surtout, tenez-moi au courant !

— Nous n'y manquerons pas, fit Boris en se retournant une dernière fois.

— Dis donc, fit Aimé en se laissant tomber dans la Mégane, j'ai rarement vu un spécimen pareil. J'ai vraiment le sentiment que, passé un certain seuil de pouvoir et d'argent, les hommes deviennent étrangers à leur propre espèce !

— Eh oui, Mémé, sourit Boris en passant la première, c'est l'une des joies de notre beau métier : pouvoir étudier toutes les variétés possibles du genre humain.

Ils démarrèrent sans remarquer la silhouette haute et épaisse d'Édouard Fernbach qui, derrière la fenêtre de son bureau, les regardait partir.

Un drôle de sourire sur le visage...

CHAPITRE V

Quand le bandeau noir glissa de ses yeux, Lorraine Bouchardon eut une expression à la fois stupéfaite et émerveillée en regardant autour d'elle.

— Merde, fit-elle, c'est hyper cool, chez toi !

Alain Lévêque eut un sourire amusé. La réaction de Lorraine était la même – exprimée avec des mots différents – que celle d'Alma, l'Albanaise. Il était vrai que toutes ces pauvres filles n'avaient jamais rien vu d'autre que les fermes pouilleuses ou les banlieues minables où elles avaient grandi.

Et son humeur s'assombrit légèrement en pensant que, comme ç'avait été le cas pour Alma, le décor luxueux de cette villa antiboise était la dernière chose que Lorraine verrait avant de mourir.

Grâce à lui, elle aurait au moins connu le luxe une fois dans sa vie.

C'était tout lui, ça : ce mélange de cynisme et de culpabilité.

Alain Lévêque avait toujours eu du mal à prendre une décision ou un parti. De même qu'il lui avait toujours été pratiquement impossible d'avoir un avis tranché, ferme et définitif sur quoi que ce soit.

Une de ses amies, qui se targuait d'être une experte en astrologie, lui avait affirmé un jour que ça venait de son côté Balance, ascendant Balance. Une association plutôt rare, disait-elle, qui donnait des sujets hypersensibles, souvent artistes, mais parfois un peu faibles.

Alain Lévêque se reconnaissait bien dans le côté faible.

Mais pour ce qui était du côté artiste... Entre les films pornos crades de ses débuts et les épisodes débilo-sirupeux de « Cœurs en été »... Il n'était pas prêt de rejoindre Fellini ou Renoir au panthéon du 7e art.

Bref... le résultat de tout ça, c'était qu'il se trouvait à cet instant précis en compagnie d'une fille jeune et ravissante, à qui il n'avait pas vraiment envie de faire du mal.

Mais qu'il allait tuer d'ici deux heures maximum.

Il soupira. La vie était comme ça : pleine de choix impossibles, de décisions insupportables à prendre...

Pour se donner du cœur au ventre, il repensa aux chiffres hallucinants qu'il avait vus, quelques jours plus tôt, sur l'écran de son ordinateur.

Des chiffres représentant une fortune qui ne demandait qu'à croître et se multiplier : la sienne.

« L'argent n'a pas d'odeur », se répéta-t-il une fois de plus, pour se donner du courage.

De toute façon, maintenant que tout était en place et que l'agneau du sacrifice n'attendait plus que la main de son bourreau, il fallait aller jusqu'au bout.

D'ailleurs, il avait pris toutes les précautions nécessaires. Ainsi, plus question d'aller draguer une prostituée, dans sa propre voiture et à visage découvert. Même si personne n'était allé faire de déclaration à la police ou à la presse après la disparition d'Alma Stovia, ses copines de trottoir avaient dû s'inquiéter de la voir se volatiliser du jour au lendemain. Et certaines d'entre elles se souvenaient sûrement que la dernière fois qu'on l'avait vue vivante, c'était ce fameux soir où elle était montée dans un coupé Jaguar. Peut-être même certaines des filles avaient-elles eu le temps d'apercevoir le visage du conducteur...

Et puis, bien sûr, il y avait Vladimir, le souteneur d'Alma. Il ne connaissait ni le vrai nom, ni les coordonnées d'Alain Lévêque, mais il connaissait son visage. Un visage dont il avait dû faire une description à toutes les filles, ainsi qu'aux autres membres de la mafia russe locale.

Autant dire que ce visage-là n'avait pas intérêt à reparaître dans le secteur.

Du coup, Alain Lévêque avait pris toutes les précautions possibles. Et il avait « recruté » Lorraine par une autre filière : en utilisant un intermédiaire dont il était sûr...

Après avoir admiré les meubles, les amphores et les statues du salon provençal, Lorraine Bouchardon se rembrunit d'un coup en découvrant un élément qui, de toute évidence, n'avait rien à voir dans ce décor.

Appuyée contre le manteau de la cheminée se trouvait une sorte d'immense croix de bois, suffisamment grande pour y crucifier un homme.

Ou une femme.

Une croix qui offrait une étrange et double particularité.

D'abord, la barre transversale se trouvait en bas, à environ quarante centimètres du sol.

Ensuite, la poutre centrale se divisait en deux en

partant vers le haut, formant une sorte de Y avec le pied.

Un Y aux branches très écartées…

Lorraine Bouchardon, qui n'était pas tout à fait aussi idiote que certains de ses amis voulaient le croire, ou le faire croire comprit au premier coup d'œil l'utilité de cette croix d'un genre un peu particulier. Il suffisait, pour comprendre, de voir les lanières de cuir aux deux extrémités de la barre transversale, et en haut des deux branches du Y.

Le dénommé Alain s'apprêtait, pour les besoins de son film, à la crucifier la tête en bas.

La tête en bas et les jambes écartées.

Un peu comme l'avait été saint Pierre, si elle se souvenait bien de ses vagues et lointaines notions de catéchisme.

Enfin... Pour elle, on allait utiliser des lanières de cuir. Ça valait quand même mieux que des clous.

Après qu'Alain lui eût expliqué le principe du film, Lorraine s'inquiéta :

— Dis donc, si je reste la tête en bas comme ça, indéfiniment, je vais avoir un malaise, moi. J'ai même lu quelque part qu'on pouvait en crever.

Alain Lévêque eut un sourire rassurant.

Un sourire un peu forcé.

— Penses-tu ! dit-il, d'un ton faussement enjoué. Il faudrait que tu sois une vieille dame cardiaque. Jeune et en pleine forme comme tu l'es, il n'y a aucun risque. Et puis, je te promets que tous les quarts d'heure, je te détacherai et on fera une petite pause...

Il ajouta avec un petit rire :

— Histoire de te remettre les idées en place.

— OK, fit la jeune femme à moitié convaincue, c'est d'accord.

Comme elle était prévenue que le film en question était un genre de porno soft où elle serait seule à l'image, Lorraine ne fit pas la moindre histoire pour revêtir l'attirail érotique qu'Alain lui tendit. Celui-ci se composait – outre l'habituel collier de chien orné du médaillon bouddhiste – d'une paire de cuissardes noires à talons aiguilles montant pratiquement jusqu'à l'aine, et d'une sorte de boléro de cuir noir, clouté comme le collier, avec deux trous ronds pour laisser passer les seins.

Alain Lévêque admira en connaisseur ceux de Lorraine, une fois qu'elle eut revêtu sa tenue de tournage : jaillissant à l'horizontale par les ouvertures découpées dans le boléro de cuir, ils étaient volumineux, ronds et fermes comme des pamplemousses, avec des aréoles roses minuscules qui les faisaient paraître encore plus gros. Sous la blancheur laiteuse de leur peau, on voyait courir quelques veines bleu pâle qui leur donnaient une sorte de vie propre, comme une palpitation indépendante du reste du corps.

Et pour couronner le tout, Lorraine Bouchardon avait une particularité relativement rare : les pointes de ses seins étaient rentrées vers l'intérieur. C'est-à-dire qu'au centre des aréoles, au lieu de deux excroissances de chair, elle avait deux petits trous roses...

Comme des orifices supplémentaires.

Une caractéristique, pensa Alain Lévêque, que ses clients ne manqueraient pas d'apprécier en connaisseurs.

Comme ils ne manqueraient pas, d'ailleurs, d'apprécier le physique de Lorraine dans son ensemble.

Son contact avait bien travaillé.

Cette fille était superbe.

Ses jambes étaient longues, interminables, ce qui accentuait encore l'effet érotique des cuissardes. Son ventre était parfaitement plat et légèrement musclé. Quant au visage... le nez était rectiligne, la bouche charnue et rouge vif, les yeux d'un bleu métallique... Ses cheveux blond vénitien étaient coupés court, à la garçonne, ce qui lui donnait un petit côté androgyne encore plus excitant.

Et c'était une blonde tout ce qu'il y avait d'authentique, comme en témoignait sa toison dorée et mousseuse, soigneusement épilée en V, dont la transparence laissait apparaître la corolle nacrée d'une fleur aux pétales soyeux et délicats...

Une fleur qu'Alain Lévêque aurait volontiers dégustée, là, tout de suite, en guise d'apéritif.

Il fit un effort sur lui-même.

D'abord, parce que la fille l'aurait sans doute envoyé promener : leurs accords lui garantissaient que personne ne la toucherait.

Ensuite, parce qu'il était là pour travailler.

Installer Lorraine sur sa croix (ne sachant pas comment elle le prendrait, il s'abstint de toute plaisanterie sur la « croix de Lorraine ») ne fut pas une mince affaire. Alain Lévêque dût poser l'objet par terre afin que la fille puisse s'étendre dessus, avant qu'il serre à fond les lanières de cuir.

Ensuite, il dut la soulever tout seul pour appuyer la croix et la « crucifiée » contre le manteau de la cheminée.

Où il baissa charitablement le niveau des flammes, afin que la fille ne meure pas de chaleur.

Ce n'était pas de cette façon-là qu'elle devait mourir...

Lévêque s'installa ensuite derrière sa caméra vidéo sur pied, et régla le cadre et la focale.

Cette fois, la croix et la fille qui était dessus emplissaient entièrement l'image. À l'exception du faux feu de bois, dont on voyait doucement danser les flammes, un peu en dessous et à gauche de la tête blonde de Lorraine.

Une image superbe, pensa Lévêque avec satisfaction. Aussi originale qu'excitante. Ses clients allaient se régaler.

Dans la position où elle était, les gros seins de la fille remontaient vers le haut et lui effleuraient presque le menton.

Un peu comme quand les actrices de films pornos se les empoignent et les remontent pour les porter à leur bouche et les lécher avec des mines salaces...

Sauf que là, évidemment, Lorraine, écartelée comme elle l'était, aurait eu du mal à empoigner quoi que ce soit.

Mais le plus beau, le plus affriolant de tout, c'était cette intimité dorée, autour de laquelle les cuissardes se rejoignaient, formant un écrin noir qui contrastait magnifiquement avec cette blondeur mousseuse. L'ouverture du Y formé par la croix était très large, et Lorraine avait les jambes ouvertes à la limite du grand écart. Du coup, sa toison intime s'écartait pour laisser voir dans toute sa splendeur la fleur secrète de son intimité. Une fleur dont la corolle nacrée était ouverte au maximum, ouverte comme celle d'une fleur au sommet de son épanouissement.

Alain Lévêque effectua un gros plan sur l'intimité

de Lorraine, et il sentit aussitôt une bouffée de chaleur se former au bas de son ventre. Comme l'autre fois, avec Alma, il s'érigeait à toute vitesse. En quelques instants, sa virilité gonflée à éclater déforma son pantalon noir.

Il fut tenté de lâcher sa caméra et d'aller plonger ses lèvres dans ce puits de miel qui l'appelait d'une façon irrésistible.

Prise au piège, Lorraine n'aurait rien pu faire pour l'en empêcher...

Il résista pourtant à la tentation.

Le film était la priorité absolue. Et il avait déjà commencé à filmer.

Mais il fallait pourtant qu'il se soulage, d'une manière ou d'une autre. C'était insupportable, de rester dans cet état de désir inassouvi.

— Je reviens tout de suite, dit-il.

Il alla s'enfermer dans la salle de bains, quelques pièces plus loin, libéra sa virilité et entreprit de se caresser d'un mouvement rapide. Comme il avait toujours l'image du ventre de Lorraine imprimée sur la rétine, son plaisir ne tarda pas à monter de ses reins et il se déversa à longs jets dans le lavabo, avec des râles qu'il étouffa pour ne pas que la fille l'entende.

Quand il revint, elle avait pourtant, malgré sa position inconfortable, un petit sourire sur le visage.

— Alors, dit-elle, on est allé se branler en pensant à moi ? Tu as raison, ça soulage. Et puis, c'est plus sympa de ta part que d'avoir profité de la situation. Merci, j'apprécie.

— Pas de quoi, murmura Lévêque, un peu gêné quand même.

— Tu sais, enchaîna Lorraine, si tu as pour de bon un « vrai » projet de cinéma et si j'en fais partie, on pourra peut-être envisager de faire connaissance d'une manière plus intime, si tu vois ce que je veux dire...

— Je vois tout à fait, fit Lévêque. Je suis partant. Tu es sublime...

— Merci.

— Et maintenant, selon l'expression consacrée : « Silence, on tourne ! »

Il fit un plan rapproché sur la figure de Lorraine, où commençaient à apparaître les premières rougeurs causées par le sang qui lui montait – ou plutôt, qui lui descendait – à la tête.

Ça aussi, c'était nouveau et original : les expressions changeantes de la fille, ses grimaces de souffrance, la sueur perlant à son front... tout ça serait visionné à l'envers par les futurs spectateurs.

Mais avant la souffrance, il fallait passer par la gourmandise et la volupté...

Alain Lévêque demanda à Lorraine de prendre des mines excitées, de fermer à demi les yeux dans une sorte d'appel muet au mâle, de passer sa langue sur ses lèvres, comme si elle était tenaillée d'impatience à l'idée de prendre dans sa bouche un membre viril orgueilleusement dressé...

Celui, en l'occurrence, de chacun des inconnus qui se caresseraient en la regardant.

En se repaissant mentalement et physiquement du plus petit détail de son anatomie, offerte sans la moindre restriction.

Fidèle à une méthode qui commençait à être parfaitement rôdée, Alain Lévêque prit sa caméra à l'épaule et entreprit de tourner autour de Lorraine, variant les angles de prises de vues, zoomant sur son nombril, sur l'un de ses seins, sur son visage, sur son aisselle impeccablement épilée...

Mais son travelling préféré, celui auquel il revenait régulièrement, c'était quand il partait de la pointe du talon aiguille d'une des cuissardes de Lorraine et qu'il descendait lentement, très lentement, le long de sa jambe interminable, pour finir par une plongée en gros plan au cœur même de son intimité.

Au deuxième travelling de ce genre, le désir l'avait repris. Lorraine, qui avait le visage à la hauteur du bas-ventre du réalisateur, eut une vue inversée mais imprenable sur la protubérance qui tendait à éclater le tissu de son pantalon de lin.

— Décidément, je te fais de l'effet, dit-elle avec un petit rire. Je crois qu'il va falloir que tu retournes à la salle de bains.

— Je crois aussi, fit Lévêque sans lâcher sa caméra.

— Dis donc, suggéra Lorraine, on ne pourrait pas en profiter pour faire une pause ? Je commence à me sentir mal, moi.

Alain Lévêque retourna lentement poser sa caméra sur son pied avant de répondre :

— Je te demande d'attendre encore un peu. Le temps que je revienne. C'est trop beau, comme ça, je ne veux pas casser l'ambiance.

— C'est moi que tu vas casser, reprit Lorraine d'une voix où perçait un début d'inquiétude. Je te dis que je me sens mal. Tu m'as promis qu'on s'arrêterait ! Tu cherches à me faire crever, ou quoi ?

— Ne sois pas ridicule, répondit Lévêque en s'éloignant déjà vers le fond du salon. Je ne vais pas assassiner la star de mon prochain long métrage...

Il ajouta avec un rire qui se voulait léger :

— Et puis, qu'est-ce que je ferais du corps ?...

Il quitta la pièce. Juste avant de refermer la double porte en chêne du fond du salon, il entendit Lorraine murmurer d'une voix faible :

— Salaud...

Alain Lévêque alla une nouvelle fois s'enfermer dans la salle de bains. Une fois encore, il se vida à longs traits dans le lavabo, qu'il rinça ensuite avec soin.

Puis, machinalement, il se dirigea vers le salon.

Mais s'arrêta net, juste avant de poser la main sur la poignée de la porte.

Non, décida-t-il. Elle était « à point ». Il y avait près de deux heures, maintenant, que Lorraine était attachée la tête en bas et l'embolie cérébrale allait se produire d'un moment à l'autre.

Il ne se sentait pas le courage d'affronter ses ultimes suppliques, ses dernières insultes, ses larmes de souffrance et de désespoir, quand elle comprendrait soudain qu'elle allait mourir...

La caméra était réglée sur un cadrage impeccable. Qui permettait à la fois d'admirer son corps et de se régaler de ses dernières grimaces.

Il n'y avait plus qu'à attendre.

Alain Lévêque s'aperçut qu'il avait faim. C'était normal, pensa-t-il, après l'amour.

Même s'il n'avait fait l'amour qu'avec lui-même.

Il se dirigea ves la cuisine et explora le congélateur à la recherche d'un plat surgelé. Il n'y avait plus qu'une barquette de paëlla. Un plat qui dégageait une odeur assez forte, le genre de chose qui le dégoûtait profondément.

Mais c'était ça ou rien, alors... Il mit la barquette au

micro-ondes et l'aérateur se déclencha automatiquement.

Cette fois, au lieu de plonger directement la fourchette dans la barquette, il sortit une assiette, un verre et des couverts qu'il installa sur la table de la cuisine. Et déboucha une bonne bouteille, histoire de faire glisser son déjeuner. Histoire, surtout, de l'aider à oublier, au moins provisoirement, ce qui était en train de s'accomplir à côté...

Il mangea le plus lentement possible, et fit ensuite la vaisselle. Pour un peu, il aurait passé le torchon sur la table et la serpillière sur le sol de la cuisine.

N'importe quoi, pour gagner du temps.

Pour ne pas avoir, ensuite, à affronter Lorraine dans ses derniers moments de vie.

Quant il fut certain qu'elle était morte, il revint au salon.

Il avait bien calculé son coup. Lorraine ne bougeait plus, ne respirait plus, et son visage rougi était contracté dans une expression de haine, de souffrance et de désespoir mélangés.

Posément, Alain Lévêque fit un dernier gros plan sur ce visage, avant de couper définitivement.

Il poussa un long soupir de soulagement.

C'était fait.

Restait à se débarrasser du corps, selon une méthode qui avait déjà fait ses preuves.

Il allongea la croix par terre. Mais avant de détacher le cadavre, il éprouva le besoin d'un remontant un peu plus costaud que les deux verres de rosé qui avaient accompagné son déjeuner.

Il retourna à la cuisine se servir un plein verre de scotch et le vida d'un trait.

Le feu dans la gorge et aux joues, la tête lui tournant légèrement, il se remit au travail.

Le corps de Lorraine une fois détaché de son support, restait à le porter jusqu'au coffre de sa voiture.

Comme toujours, quand il « officiait » secrètement, on était samedi et la villa était déserte. Le seul passage dangereux était le trajet entre la villa et le garage.

À cause du vigile de jour, qui était là chaque jour de la semaine, week-end compris.

Le vigile n'avait pas l'autorisation de pénétrer à l'intérieur de la villa. De ce côté-là, pas de problème. Alain Lévêque pouvait « travailler » tranquille.

Pour ce qui était du court trajet extérieur, il avait trouvé un bon truc pour détourner l'attention de l'homme de garde.

Alain Lévêque lui avait prêté une petite télé avec magnétoscope incorporé, que le vigile pouvait brancher sur l'allume-cigares de sa voiture. Et il lui avait fait cadeau de ses « œuvres » complètes.

Pas la série télévisée, bien sûr. Et encore moins les nouveaux pornos, ceux qui se terminaient par la mort de la « vedette ». Beaucoup trop risqué. Non, le vigile se contentait des films pornos de ses débuts.

Depuis qu'Alain Lévêque lui avait fait ce cadeau, le vigile était littéralement scotché à l'intérieur de sa Peugeot 205. D'où il ne sortait que toutes les heures, pour effectuer sa ronde obligatoire.

Alain Lévêque regarda sa montre.

Il avait une bonne demi-heure devant lui avant la prochaine ronde du vigile.

C'était amplement suffisant, étant donné qu'il ne lui fallait que deux minutes environ pour aller mettre le corps de Lorraine dans le coffre de sa Jaguar.

Comme prévu, l'opération se déroula sans aucun problème.

Aussitôt fait, Alain Lévêque mit le contact et démarra. Il avait une longue route à faire. Par l'autoroute de l'Estérel, d'abord, en direction d'Aix-en-Provence. Puis, par les petites routes escarpées, jusqu'à l'endroit qu'il connaissait, dans la montagne, jusqu'à ce puits sans fond d'où personne n'était jamais remonté.

Du moins le croyait-il.

L'aller-retour lui prendrait facilement le reste de la journée. Un trajet épuisant, à la fois physiquement et nerveusement.

Mais c'était le prix de la sécurité. Le prix de l'impunité absolue.

Et ça, franchement, ce n'était pas cher payé.

CHAPITRE VI

Quand les hautes grilles de la villa, commandées électriquement par le gardien depuis son poste de surveillance, s'écartèrent sans un grincement, Boris Corentin et Aimé Brichot eurent l'impression de débarquer dans l'une des plus somptueuses demeures de stars de Beverly Hills Ou de pénétrer dans l'enceinte d'Hollywood…

Tout y était, comme dans ces documentaires sur les grands studios américains, Universal, Paramount et autres : le ciel bleu, les palmiers... et par-dessus la grille, très haut, cet immense porche arrondi en briques rouges, prolongeant le mur d'enceinte de la propriété et lui donnant des allures de ranch ou d'hacienda mexicaine.

En remontant, à bord de leur Mégane de service, l'interminable allée bordée de palmiers conduisant à la villa, Boris et Aimé s'attendaient vaguement à voir des Cadillac, Pontiac et autres Oldsmobile garées tout le long, jusqu'au plateau de tournage.

Mais les véhicules, tout ce qu'il y avait de français, leur rappelaient qu'on n'était pas à Hollywood, mais bien dans le Midi de la France.

En revanche, en approchant de la villa proprement dite, c'était toute l'ambiance, toute la magie, et toute l'alchimie mystérieuse du cinéma en train de se faire qui reprenait le dessus.

La villa elle-même, d'abord. Elle était largement aussi somptueuse, dans un autre genre, que l'hôtel particulier d'Édouard Fernbach à Paris : immense, de plain-pied, les murs ocre tirant sur le rose, elle dominait la Méditerranée du haut de sa falaise, et arborait fièrement son immense piscine à débordement, laquelle avait effectivement l'air de se déverser directement dans les eaux bleues de la mer.

Tout autour, d'énormes camping-cars, camions et autres remorques étaient garés les uns à côté des autres, occupant pratiquement tout l'espace disponible. Certains de ces véhicules débordaient littéralement de matériel technique : câbles, projecteurs, etc. D'autres, fermés mais munis de portes, de fenêtres et de petits escaliers amovibles, étaient des salles d'habillage ou de maquillage roulantes. Quant aux camping-cars ou caravanes de luxe, c'étaient de toute évidence les loges privées des vedettes de la série.

— Il paraît que sur un tournage, fit Aimé Brichot, la production est obligée de mesurer la longueur exacte des caravanes privées des stars. Parce que si jamais l'une est un poil plus longue que l'autre, ça fait des drames terribles. [1]

— Qu'est-ce que tu veux, Mémé, sourit Boris, c'est ça, le cinéma : un conflit permanent d'ego surdéveloppés. Remarque, en ce qui concerne le cas présent, on est loin d'avoir affaire à Harrison Ford ou Demi Moore. Parce que les vedettes de « Cœurs en été », hein... tu m'as compris…

1. Très souvent exact… malheureusement.

En guise de réponse, Aimé Brichot se contenta d'un sourire en coin, qui fit friser la pointe de sa moustache.

Ils dénichèrent un espace entre deux camions, juste assez large pour y garer leur Mégane, et s'avancèrent vers la terrasse de la villa. Celle-ci était entourée d'une bonne quarantaine de personnes qui, toutes, à cet instant précis, se tenaient rigoureusement immobiles. En voyant arriver Boris et Aimé, un technicien se détacha du groupe et leur fit silencieusement signe de se taire et de ne plus bouger.

— Action ! lança une voix, quelque part au milieu de la foule.

La voix, qui était celle du réalisateur, ne provenait pas, contrairement à ce à quoi on aurait pu s'attendre, de derrière la caméra. Celle-ci était manipulée par un simple cadreur. Le réalisateur, lui, était assis un peu plus loin, devant un petit écran de contrôle sur lequel il suivait le déroulement de la scène en train de se tourner. De cette manière, il avait le résultat directement sous les yeux.

Au milieu de la terrasse, avec la villa en toile de fond, deux adolescentes en maillot de bain se faisaient face avec un air pénétré de l'importance du dialogue qu'elles échangeaient. Probablement des confidences d'ordre sentimental, puisque c'était le thème principal de la série.

Braqués sur les deux filles, une demi-douzaine de gros projecteurs sur pied crachaient une lumière artificielle intense, comme si celle du soleil, déjà éblouissante, ne suffisait pas à éclairer la scène.

— Coupez ! cria soudain le réalisateur.

Tout le monde se détendit, les silhouettes s'animèrent et le murmure des conversations s'éleva à nouveau.

— Je peux faire quelque chose pour vous ? demanda le technicien à Corentin et Brichot, à voix haute, cette fois.

Les deux policiers lui mirent sous le nez leurs cartes plastifiées.

— Nous aimerions avoir un entretien avec le réalisateur, fit Boris. C'est bien monsieur Alain Lévêque, n'est-ce pas ?

— Oui, répondit le technicien. Mais je vous demande encore cinq minutes de patience.

Il regarda sa montre :

— Ça va être l'heure de la pause-déjeuner, de toute façon.

Les cinq minutes en question durèrent un bon quart d'heure. Le temps qu'Alain Lévêque fasse refaire trois fois la prise aux actrices, qui avaient tendance à « se crotter » [1] dans leur texte.

Enfin, le technicien fit traverser la foule aux deux policiers et les conduisit jusqu'au pliant où Alain Lévêque était en train de s'étirer, bras et jambes tendus, comme quelqu'un qui vient de s'éveiller.

Quand ils se présentèrent à nouveau, Boris crut voir un éclair de panique passer dans le regard du réalisateur.

Mais si rapidement qu'il n'aurait pas pu en jurer.

Corentin préféra, dans un premier temps, mettre ça sur le compte de l'affolement instinctif qui s'empare de tout citoyen, même le plus honnête, quand il a soudainement affaire à la police.

La vieille peur du gendarme, qui sommeille en chacun de nous...

---

1. Bafouiller, en langage de théâtre et de cinéma.

En tout cas, il était évident, à voir sa tête, qu'Alain Lévêque ne s'attendait pas à leur visite.

Et qu'elle ne lui faisait pas particulièrement plaisir.

— Monsieur Édouard Fernbach nous a donné l'autorisation de visiter sa villa, poursuivit Corentin.

— Eh bien, allez-y, fit Lévêque en désignant la propriété. Mais soyez gentils de ne pas toucher au matériel qui se trouve à l'intérieur.

— Nous n'allons toucher à rien, soyez tranquille, enchaîna Aimé Brichot. Mais nous vous serions reconnaissants de nous accompagner dans ce petit tour du propriétaire. Nous avons quelques questions à vous poser.

À nouveau, une expression affolée passa sur la figure du réalisateur :

— Rien de grave, j'espère ? demanda-t-il d'une voix soudain moins assurée.

Boris prit un ton volontairement rassurant :

— Rien qui vous concerne, en principe, monsieur Lévêque, rassurez-vous. Mais nous avons quand même besoin de vous parler.

— Très bien, soupira le réalisateur. Si vous voulez bien me suivre...

Il se leva de son pliant et se dirigea vers la villa, suivi par les deux policiers.

Juste avant d'entrer, Boris croisa le regard d'une des deux jeunes actrices de la scène impérissable qui venait d'être fixée sur la pellicule.

Elle portait un maillot de bain deux-pièces de la taille d'un mouchoir de poche qui ne laissait rien ignorer de ses formes somptueuses. En particulier de sa poitrine orgueilleuse et provocante, dont les pointes étaient à peine couvertes par le haut de son maillot.

Une poitrine presque anormalement volumineuse, par rapport à sa petite taille, à ses hanches étroites et à ses attaches fines.

Elle était brune, hâlée par le soleil, avec un nez à peine busqué qui lui donnait une espèce de charme vaguement oriental. Elle adressa à Boris un sourire éclatant, que Corentin s'empressa de lui rendre.

Surtout que ce sourire s'accompagnait d'un regard pétillant et peu farouche, qui indiquait clairement qu'elle le trouvait parfaitement à son goût.

Et qu'elle se ferait un plaisir de le lui prouver, si jamais l'occasion s'en présentait.

Mais l'heure n'était pas à la bagatelle, et Boris, flic avant tout, se concentra sur les affaires du moment.

La porte-fenêtre de la terrasse donnait directement sur le grand salon de la villa, que Boris et Aimé explorèrent d'un coup d'œil circulaire.

Un coup d'œil suffisant pour qu'ils soient certains d'une chose : ce décor était bien celui du film intercepté par leurs collègues singapouriens. Pas un détail ne manquait : les amphores, les tommettes du sol, les statues antiques, les tableaux de maîtres aux murs... Même le feu de bois y était, avec des bûches qui se consumaient allégrement, malgré la chaleur déjà quasi tropicale de ce début mai.

Corentin et Brichot se regardèrent en hochant la tête :

— Tu penses la même chose que moi, Mémé ? fit Boris.

— Pas de doute, répliqua Aimé en lissant sa moustache : c'est bien le même décor.

— J'avais cru comprendre que vous aviez des questions à me poser... s'impatienta Alain Lévêque.

— En effet, fit gravement Corentin. Mais d'abord, si vous le voulez bien, je vais vous demander de visionner quelques minutes de cette vidéocassette.

Joignant le geste à la parole, il la sortit de l'intérieur de son blouson.

— C'est vraiment nécessaire ? soupira le réalisateur. Je n'ai pas beaucoup de temps devant moi, et...

— C'est absolument nécessaire, le coupa sèchement Aimé Brichot.

— Bien, fit Lévêque, suivez-moi.

Il les précéda dans un petit salon attenant, où se trouvait un téléviseur et un lecteur vidéo.

Comme il l'avait fait avec Édouard Fernbach, Boris inséra la cassette dans le lecteur, appuya sur *play* et observa discrètement les réactions de Lévêque.

Celui-ci, en voyant apparaître la fille presque nue, attachée à son radiateur, son collier de chien autour du cou et le fouet chinois posé sur ses reins cambrés, ne put retenir un léger sursaut.

Mais un sursaut qu'on pouvait mettre sur le compte de la surprise.

Ou du dégoût.

Il se reprit très vite et regarda le film pendant plusieurs minutes, en affectant une attention soutenue, mêlée d'incrédulité.

— Qu'est-ce que c'est que ce truc ? lâcha-t-il enfin d'un air écœuré.

— Un petit film saisi par nos collègues de Singapour, l'informa obligeamment Boris.

Lévêque secoua lentement la tête, une expression consternée sur le visage :

— C'est vraiment lamentable.

— En effet, renchérit Brichot. Et vous ne remarquez rien de particulier ?

— À propos de la fille ? Je ne l'ai jamais vue de ma vie, si c'est ça que vous vouliez savoir.

— Non, poursuivit Aimé : à propos du décor.

Lévêque plissa les yeux en signe de concentration... et fit un bond sur son fauteuil.

— Bon Dieu ! Mais c'est exactement le même décor que... Je veux dire : on dirait le grand salon d'à côté, non ?

— Exactement, fit Boris. Un décor que vous utilisez, je crois, pour le tournage de votre série télévisée, non ?

Alain Lévêque le regarda en se forçant à sourire :

— J'aurais du mal à prétendre le contraire. D'ailleurs, c'est tout ce qu'il y a d'officiel. Comme vous semblez déjà le savoir, la production loue cette villa à monsieur Édouard Fernbach pour le tournage de « Cœurs en été ». Le grand salon est effectivement l'un des décors que j'utilise.

Il se leva soudain et fit face à Boris :

— Mais si vous insinuez que j'ai quoi que ce soit à voir avec ce...

Il désigna l'écran du téléviseur, où la fille presque nue était toujours dans la même position.

— Avec ce truc, vous...

Corentin le calma d'un geste :

— Allons, monsieur Lévêque, nous n'insinuons rien du tout. Mais vous comprenez maintenant pourquoi nous voulions vous poser quelques questions ?

Le réalisateur se laissa retomber dans son fauteuil.

— Écoutez, fit-il d'une voix lasse, je ne comprends absolument rien à toute cette histoire. Il semblerait effectivement que quelqu'un ait tourné ce truc ici. Enfin, à côté. Mais franchement, je ne vois pas comment ça a pu se faire. Vous avez vu l'équipe de tournage : cinquante personnes au bas mot. Et on occupe les lieux toute la semaine. Quant au week-end, il y a un vigile qui monte la garde, et si quelqu'un était venu à ce moment-là, surtout avec une fille, ça n'aurait absolument pas pu lui échapper. D'ailleurs, c'est le même vigile qui est là en semaine : il fait la journée, avant que son collègue de la nuit le remplace. Il doit être quelque part dans le coin. Interrogez-le, si vous voulez.

Corentin hocha la tête :

— C'est ce que nous allons faire. Et nous interrogerons aussi le vigile de nuit. Vous, en tout cas, vous n'avez jamais rien remarqué d'anormal ?

Alain Lévêque se leva à nouveau et écarta les bras en signe de bonne foi :

— Absolument rien. Jamais. Je vous en donne ma parole. Et pourtant, j'ai l'habitude d'avoir l'œil à tout. L'habitude de diriger des équipes de tournage...

Il hésita un instant et ajouta :

— Mais au fait... ce film... On peut en penser ce qu'on veut, mais à ma connaissance, il n'a rien d'illégal. À moins que la fille ne soit mineure, ce qui, à première vue, n'a pas l'air d'être le cas. Je peux vous demander ce qui motive l'intervention de la police ?

— Excellente question, monsieur Lévêque, fit Boris avec un petit sourire. Ce film n'a effectivement rien d'illégal en lui-même. Mais il se trouve que nous avons un cadavre sur les bras. Un cadavre qui a tout l'air d'être le résultat d'un meurtre. Ce cadavre, malheureusement méconnaisable, est celui d'une fille qui, à l'origine, était habillée un peu comme celle de ce film. D'où le rapprochement. Et d'où notre présence ici.

Alain Lévêque, qui, décidément, avait tendance à jouer au yo-yo, s'écroula de nouveau dans son fauteuil.

— Un cadavre !... Bon Dieu ! Vous voulez dire que celle-là aussi...

— Non, fit Boris en coupant la vidéo et en rempochant la cassette, celle-là finit bien vivante à la fin du film. Mais il y en a eu une autre, visiblement, qui n'a pas eu cette chance.

Alain Lévêque se voûta un peu plus sur son siège. Apparemment consterné par tout ce qu'il venait d'apprendre.

— Écoutez, fit-il d'une voix accablée, tout ce que je peux vous dire, c'est : regardez, fouillez, explorez la villa de fond en comble... Restez même pendant le tournage, si vous voulez...

Corentin le fixa avec une expression teintée d'ironie :

— Nous n'avons pas vraiment besoin de votre permission pour le faire, dit-il, mais je vous remercie quand même de nous la donner.

— Je vous en prie, fit Lévêque en se levant à nouveau et en plantant dans celui de Boris un regard qui se voulait aussi sincère que possible. Je suis à votre disposition. Si je peux faire quoi que ce soit pour vous aider, n'hésitez surtout pas. Après tout, dans la mesure où ces saloperies se tournent dans « mon » décor, il y va aussi de ma réputation, n'est-ce pas ?

— Inévitablement, lâcha Aimé sur un ton faussement navré.

— Bien, fit Alain Lévêque en regardant sa montre,

il faut que j'y retourne. De toute façon, vous savez où me trouver.

En franchissant la porte de la terrasse, il se retourna pour ajouter :

— Et tenez-moi au courant !

— Nous n'y manquerons pas, lança Boris.

À qui son instinct murmurait soudain qu'Alain Lévêque et lui auraient sûrement l'occasion de se revoir très bientôt.

Et même certainement beaucoup plus tôt que ne le pensait le réalisateur.

— Bien, fit-il, mon vieux Mémé, puisqu'on nous y invite si gentiment, je propose que nous fassions le tour du propriétaire, histoire d'examiner les lieux un peu plus en détail.

— Tu crois vraiment que ça servira à quelque chose ? fit Brichot d'un ton désabusé. Si vraiment ces tournages secrets ont eu lieu ici, comme ça a l'air d'être le cas, je ne vois pas ce qu'on pourrait trouver comme indice. Parce que, du matériel de tournage ou des vêtements féminins, la villa en est remplie. Quant aux accessoires du film vidéo, ça m'étonnerait qu'on les ait laissés traîner...

Corentin lui administra une bourrade amicale :

— Allons, vieux frère, pas de défaitisme, ça ne te ressemble pas. Tu as raison : les chances de dénicher un indice quelconque sont assez minces, mais il faut absolument les chercher. Ne serait-ce que pour avoir la conscience tranquille par la suite.

La villa étant immense, ils décidèrent de se la répartir en deux secteurs : Aimé passerait au peigne fin le grand salon et les pièces immédiatement attenantes. Boris, lui, explorerait le reste.

Ils s'étaient séparés depuis quelques minutes à peine, et Boris avait poussé la porte de ce qui était apparemment une chambre à coucher. Elle comportait un grand lit et un mobilier assez dépouillé, mais toujours d'un grand raffinement : tables de nuit en acajou précieux, tableaux de petits maîtres provençaux du XVIIIe aux murs, et luxueuse salle de bains en marbre rose attenante. Celle-ci comportait même un sauna et un jaccuzzi.

Mais ni dans la chambre, ni dans la salle de bains, Corentin ne trouva la moindre trace du passage récent d'une fille qui aurait pu être celle de la vidéo, ou de celle dont on avait repêché le corps à Fontaine-de-Vaucluse.

Il allait sortir quand la porte de la chambre s'ouvrit.

Dans l'encadrement apparut la jeune et ravissante actrice qui, tout à l'heure, lui avait lancé un regard si provocant. Elle était toujours aussi légèrement vêtue, et lui souriait de toute la blancheur de ses dents éclatantes.

— Je t'ai suivi, fit-elle en le tutoyant carrément. Ça ne t'ennuie pas, j'espère ?

Corentin ne put s'empêcher de sourire en répondant « non », de la tête.

La fille avait une petite voix flûtée et une façon de minauder, de jouer les gamines perverses en parlant, qui l'agaçait légèrement, mais son sourire, ses yeux dorés, son épaisse chevelure d'un noir de jais, et surtout ses formes voluptueuses, faisaient vite oublier ce petit détail un peu contrariant. Il se dégageait de tout son corps une telle sensualité qu'elle donnait l'impression d'être nue, avant même d'avoir enlevé son maillot de bain.

Ce qu'elle n'allait pas tarder à faire, Boris en avait comme une sorte de pressentiment soudain.

Elle s'avança d'un pas ou deux à l'intérieur de la pièce, ce qui suffit à faire rebondir ses seins sous leur minuscule filet de tissu éponge. À croire qu'ils étaient animés d'une vie propre.

La fille se décala un peu vers sa gauche, et Boris en ouvrit la bouche de stupéfaction.

Elle n'était pas venue seule !

Sa partenaire de la scène de tout à l'heure vint se planter à côté d'elle, poings aux hanches, reins cambrés et buste en avant, dans une attitude qui ne laissait planer aucun doute sur ses intentions vis-à-vis de Corentin.

— J'ai amené ma copine, fit la première. On s'est dit qu'un mec aussi beau et bien balancé que toi... y en avait largement pour deux.

La « copine » en question était aussi blonde que l'autre était brune. Sa poitrine était un peu moins volumineuse, mais son corps avait des proportions parfaites. Elle était un peu plus grande, avec des yeux gris-bleu, un petit air espiègle, et une bouche gourmande, aux lèvres charnues, sur lesquelles elle passa un petit bout de langue rose en fixant Corentin d'un air qui ne laissait aucun doute sur ses intentions.

Boris n'eut pas de mal à comprendre pourquoi Alain Lévêque les avait choisies pour tourner dans sa série. Elles ne sortaient sûrement pas de la Comédie-Française, mais côté « plastique », elles avaient de quoi faire sauter tous les indices d'écoute.

En se souvenant soudain que le brave Aimé Brichot regardait régulièrement la série en question en compagnie de ses filles, Boris se dit que lui aussi, en fin de compte, devait y trouver sa part de satisfaction.

Mais sûrement moins qu'Alain Lévêque, qui avait dû se faire un devoir, et même un plaisir, d'auditionner personnellement ces deux bombes sexuelles à peine sortie de l'adolescence.

Et qui, à défaut de faire carrière à Hollywood, avaient un bel avenir devant elles dans le monde du cinéma X. Le genre qui passe sur Canal +, chaque premier samedi du mois à minuit.

— Au fait, fit la brune, moi, c'est Lætitia. Et ma copine, c'est Angelica.

— Enchanté de faire votre connaissance, mesdemoiselles, fit Corentin avec un sourire carnassier. Moi, c'est Boris.

— Wouahhou ! s'exclama Lætitia à l'adresse de sa copine. Et il est russe, en plus !

— Navré de vous décevoir, dit Boris. Breton, tout simplement.

— Ça ne fait rien, susurra Angelica en s'avançant vers lui... On te garde quand même.

Sur ce, elle referma la porte de la chambre et donna un tour de clé.

— Au fait, mesdemoiselles, vous n'êtes pas censées être en train de travailler ? fit Boris pour qui les obligations professionnelles passaient toujours avant le reste.

— Non, répondit Lætitia en s'approchant de lui et en s'attaquant de ses doigts agiles à la ceinture de son pantalon. On a campo pour le reste de l'après-midi. Ça tombe bien, non ?

— Ça, reconnut Boris, il faut reconnaître que le hasard fait bien les choses. L'ennui, c'est que moi, de mon côté...

Le reste de sa phrase se bloqua net au fond de sa gorge.

Parce qu'à cet instant précis, Lætitia, la brune aux allures méditerranéennes, venait de tomber à genoux devant lui, de faire glisser d'un même mouvement son pantalon et son slip, et d'engloutir entre ses lèvres gourmandes sa virilité déjà tendue à éclater.

Boris laissa échapper un grognement de plaisir.

— Putain ! s'exclama Angelica en contemplant le pieu de chair qui coulissait entre les lèvres de sa copine. Quel morceau ! Pousse-toi ! J'en veux aussi, moi, du sucre d'orge !

À son tour, elle se laissa tomber à genoux devant Boris et entreprit de disputer à sa partenaire de tournage le fabuleux morceau d'homme qui jaillissait du bas-ventre de Corentin.

— Tu avais raison, dit-elle avant de l'avaler à son tour : y en a largement pour deux.

À tour de rôle, elles entreprirent de l'avaler aussi profondément que possible, jusqu'à ce que leurs narines viennent respirer les effluves viriles que dégageait la toison bouclée, d'où émergeait le pieu de chair frémissant.

Puis, elles se le partagèrent vraiment, en s'installant de part et d'autre du membre distendu par le désir, et en agaçant simultanément, de la pointe de la langue, la lourde tête du champignon violacé qui le surmontait fièrement.

Boris trouva encore quelques instants la force de se dire qu'il était en mission, qu'il avait du travail, et qu'Aimé lui ferait sûrement la gueule en apprenant qu'il avait pris du bon temps pendant que lui s'usait les yeux sur chaque centimètre carré de l'immense villa.

Puis, il devint incapable de penser à quoi que ce soit.

Sauf au ballet infernal et délicieux, à la limite du supportable, de ces deux langues insatiables qui le conduisaient rapidement au bord de l'explosion.

Quand il sentit le plaisir monter de ses reins à la vitesse d'un geyser, il se recula brusquement. Les deux filles levèrent vers lui des visages déçus. Qui s'éclairèrent très vite en comprenant ce que Boris avait en tête pour la suite du programme.

Il les fit s'installer à quatre pattes sur le lit, appuyées l'une contre l'autre. Puis il plongea d'un seul coup de reins, de toute sa longueur, jusqu'au fond du ventre en fusion de Lætitia.

Qui poussa un râle de tigresse en sentant le pieu brûlant la pénétrer de part en part. Boris la pilonna longuement, les doigts enfoncés dans la chair hâlée de sa croupe majestueuse. Pendant ce temps-là, Angelica, pour ne pas être en reste, se glissa à plat dos sous le ventre de sa copine et entreprit de lécher alternativement, à grands coups de langue, sa corolle trempée par le désir, le membre viril qui coulissait en elle, et les sacs soyeux, gorgés de sève, qui se balançaient en rythme sous le ventre de l'homme.

Lætitia ne tarda pas à atteindre l'orgasme, avec des cris suraigus et des secousses électriques qui lui traversaient tout le corps.

Quand Boris se retira du ventre de Lætitia, les deux filles comprirent instantanément le message et inversèrent la position. À son tour, Angelica se mit à râler de bonheur sous les coups de boutoir impétueux du membre distendu. Ses cris augmentèrent rapidement d'intensité et elle atteignit le plaisir avec un hurlement de bête poignardée, qui résonna entre les murs de la chambre à les faire trembler.

Alors, Boris se laissa tomber sur le lit, offrant aux deux filles sa virilité sur le point d'exploser, à charge pour elles de déclencher le feu d'artifice.

Comme deux tigresses en rut, elles se précipitèrent sur ce que Boris leur offrait, l'empoignant et l'avalant en même temps, faisant coulisser de plus en plus rapidement la peau le long du pieu de chair, et recommençant le ballet infernal et simultané de leurs langues en son point le plus sensible.

Boris ne tarda pas à se rendre. Avec des râles de plaisir, il explosa à longs jets impétueux, intarissables et bouillonnants, qui vinrent fouetter le visage, le nez et les lèvres entrouvertes de ses deux prédatrices.

Elles continuèrent longtemps encore à le caresser, le dévorer et le presser comme un fruit mûr dont elles se disputèrent la dernière goutte de sève odorante.

Puis, enfin, elles le lâchèrent, le visage trempé par l'offrande qu'il venait de leur faire, mais illuminé par des sourires extatiques.

Elles s'allongèrent de part et d'autre de Boris, empoignant ensemble sa virilité qui, même au repos, offrait une prise suffisante à leurs deux mains.

Quand tout le monde eut repris son souffle, Corentin se leva le premier.

— C'était formidable, fit-il sincèrement en se rhabillant. Je ne regrette pas de vous avoir connues, toutes les deux.

— Nous non plus, fit Lætitia. C'était vraiment génial !

— On recommencera, j'espère ? implora Angelica.

— Sait-on jamais, fit Boris avec un petit sourire. Malheureusement, le devoir m'appelle. À bientôt, peut-être...

Le deux filles lui répondirent par un gloussement plus qu'approbateur.

Juste avant de refermer la porte, Boris eut le temps de les voir se placer tête-bêche, l'une sur l'autre, et entreprendre de se dévorer mutuellement le ventre encore trempé par ce qu'il venait de subir.

« Et insatiables, en plus, pensa-t-il en refermant derrière lui. C'est beau, la jeunesse... »

— Rien ! Absolument rien ! déclara Aimé Brichot quand Boris et lui se rejoignirent à l'entrée du grand salon. Et toi ?

Boris se racla la gorge, un peu gêné tout de même vis-à-vis de son coéquipier.

— Rien à signaler non plus. Et pourtant, j'ai visité le moindre placard à balais.

C'était l'absolue vérité. Pour se mettre en paix avec sa conscience, Corentin, en quittant les deux filles, avait mis un point d'honneur professionnel à explorer minutieusement « sa » zone de la villa.

— En tout cas, tu as mis le temps, fit Brichot d'un air vaguement soupçonneux.

— Tu es drôle, fit Boris, elle est immense, cette baraque !

À cet instant précis, Lætitia et Angelica, qui avaient remis leurs maillots de bain, passèrent en gloussant derrière eux pour se diriger vers la terrasse.

Non sans avoir au passage adressé un clin d'œil parfaitement salace à Boris.

— Dis donc, tu te fous de moi, ma parole ! explosa Aimé qui venait de tout comprendre d'un seul coup. Ce que tu as visité en détail, ce sont les deux créatures qui viennent de sortir ! Et ne me dis pas le contraire : il n'y a qu'à vous regarder, tous les trois !

— Je plaide coupable, Mémé, fit humblement Boris. J'avoue que je me suis laissé... distraire un moment. Mais ça ne m'a pas empêché de faire mon boulot. Tu me connais : flic avant tout.

— Mouais... grogna Brichot, à moitié convaincu. Bon, en attendant, je crois qu'il ne nous reste plus qu'à replier les gaules et à rentrer au bercail.

— Attends un peu, tu veux, fit Boris.

Il s'était avancé jusqu'au milieu du grand salon. Ce fameux grand salon qui, décidément, servait de décor à des tournages de styles diamétralement opposés.

— Qu'est-ce qu'il y a ? demanda Aimé en le rejoignant.

— Difficile à dire... murmura Boris.

Il regardait autour de lui comme s'il cherchait quelque chose. Sans savoir quoi, visiblement. Mais son fabuleux instinct venait de déclencher un signal d'alarme dans sa tête. Cette espèce de lumière rouge clignotante qui s'allumait automatiquement dans son cerveau pour l'avertir que quelque chose clochait.

— Ce décor... murmura-t-il.

— Eh bien quoi, ce décor ? fit Brichot avec une pointe d'impatience. C'est bien celui qui nous concerne, non ? Celui des films avec les filles immobiles ?

Corentin secoua lentement la tête de gauche à droite :

— Oui, c'est celui-là... Mais il y a un truc qui ne va pas. Comme si c'était celui-là... sans l'être.

Les yeux bleus d'Aimé Brichot s'arrondirent derrière ses lunettes de myope.

— Tu es sûr que tu vas bien Boris ? Peut-être que deux filles à la fois, c'était un peu trop pour toi ?... Tu sais, à nos âges, il faut commencer à se ménager.

Corentin éclata de rire :

— Sacré Mémé, fit-il en administrant dans le dos de son coéquipier une claque qui faillit lui faire perdre l'équilibre. Toujours le mot pour rire !

Il redevint grave et ajouta :

— N'empêche qu'il y a quelque chose qui me chiffonne, dans le décor de ce salon. Malheureusement, impossible de savoir quoi.

Il haussa les épaules en souriant :

— Enfin, on finira bien par trouver, tôt ou tard. Pas la peine de se miner pour rien. Passons plutôt à la suite du programme...

CHAPITRE VII

Le vigile avait une morphologie de boxeur. Trapu, compact comme une matraque souple, avec des épaules larges, légèrement tombantes, et une taille étroite. Ses muscles hyper-développés saillaient sous son uniforme paramilitaire – pataugas, pantalon de treillis et blouson zippé – entièrement noir, orné, sur le côté du bras, juste sous l'épaule, d'un écusson au logo de la société de surveillance à laquelle il appartenait. Un logo triangulaire en forme de bouclier médiéval, traversé d'un glaive sous lequel on lisait en rouge sang les lettres : SECURITAS.

Il avait des yeux noirs et brillants, un crâne qui semblait avoir été taillé à la serpe et un nez légèrement bosselé – sans doute par les coups reçus en service et à l'entraînement –, et une mâchoire carrée évoquant les GI des bandes dessinées américaines.

Sa coupe de cheveux, bien sûr, était inspirée du modèle militaire : ultracourte.

À part ça, un garçon plutôt avenant et qui ne demandait qu'à rendre service.

La preuve : quand Boris Corentin et Aimé Brichot étaient venus frapper à la vitre de sa Peugeot 205, il l'avait baissée avec un sourire affable et leur avait poliment demandé ce qu'il pouvait faire pour eux.

— Juste répondre à quelques questions, avait répondu Boris en exhibant sa carte plastifiée.

Aussitôt, le vigile avait éteint le petit téléviseur-vidéo branché sur l'allume-cigares de sa voiture, et sur lequel il était en train de regarder un film avec une attention soutenue.

Corentin et Brichot avaient eu le temps de constater qu'il s'agissait d'un film porno du genre bas de gamme. Ce qui expliquait que le vigile ait fermé les vitres de sa voiture, malgré la chaleur : pour ne pas que les gémissements d'extase des « actrices » parviennent jusqu'aux oreilles de l'équipe de tournage de « Cœurs en été », qui se trouvait à une vingtaine de mètres de là, juste de l'autre côté de la villa, sur la grande terrasse.

Le vigile avait littéralement sauté de sa voiture et s'était planté devant Corentin et Brichot dans une sorte de garde-à-vous témoignant de tout le respect que lui inspiraient les forces de l'ordre.

— Je peux voir vos papiers, s'il vous plaît, demanda Boris.

Le vigile sortit aussitôt de la poche-poitrine de son blouson une carde d'identité professionnelle ornée de sa photo et portant son nom : José Sylvain.

Corentin la lui rendit après l'avoir attentivement examinée.

— Vous travaillez ici depuis combien de temps ? demanda-t-il.

— Six mois et sept jours, commandant, répondit José Sylvain sur le ton d'un soldat répondant à un haut gradé.

— Et quels sont vos horaires ? enchaîna Aimé Brichot.

— Huit heures – dix-neuf heures, commandant, fit le vigile sur le même ton martial.

— Capitaine, rectifia Aimé.

— Pardon... capitaine.

— Repos, lâcha Corentin avec un sourire en coin.

Dans un réflexe, José Sylvain adopta la posture classique du « repos » chez les militaires : jambes légèrement écartées et mains croisées derrière le dos.

— Allons, monsieur Sylvain, poursuivit Boris, on n'est pas à l'armée. Détendez-vous !

Le vigile sembla brutalement prendre conscience qu'en effet, on n'était pas à l'armée, et se détendit avec une sorte de petit sourire d'excuse.

— Dites-moi, fit Corentin mi-figue, mi-raisin, ce n'est pas que je veuille critiquer vos goûts en matière de cinéma, mais est-ce que, au lieu de regarder des films dans votre voiture, vous n'êtes pas censé surveiller la villa ?

L'autre baissa légèrement la tête, visiblement pris en faute.

— C'est vrai, commandant. De temps en temps, je m'accorde, disons... un petit entracte. Mais je fais bien ma ronde toutes les heures, ça, je peux vous l'affirmer !

Il ajouta, avec un mouvement de menton dans la direction du plateau de tournage :

— De toute façon, qu'est-ce que vous voulez qu'il arrive, avec le monde qu'il y a là-bas ? Et puis, pour être franc, tous ces gens de cinéma n'aiment pas tellement me voir. Ils ont tendance à me faire la gueule, dès que je me montre. Le spectacle, hein, c'est gauchiste et compagnie, c'est bien connu, pas vrai ?

Il avait prononcé ces derniers mots avec un sourire qui cherchait visiblement l'approbation de Corentin.

Lequel se garda bien d'abonder dans son sens et enchaîna :

— Je crois savoir que vous faites aussi le week-end...

— Affirmatif, dit l'autre en reprenant instinctivement le langage militaire.

— Et le week-end, il n'y a personne, ici, n'est-ce pas ?

— Personne.

— Jamais personne.

— Vous en êtes sûr ?

José Sylvain eut une petite seconde d'hésitation avant de répondre avec un haussement d'épaules :

— Oh, une fois ou deux, un technicien est venu un samedi ou un dimanche récupérer une pièce de matériel...

— Et Alain Lévêque, le réalisateur, enchaîna Brichot, il ne vient jamais le week-end ?

L'autre hésita cette fois un petit peu plus longuement avant de répondre. Comme s'il réfléchissait à toute vitesse à ce qu'il devait dire.

— Vous feriez mieux de répondre franchement, l'avertit Corentin, si vous ne voulez pas avoir d'ennuis.

— Euh, oui, je comprends, bafouilla José Sylvain. C'est-à-dire que... oui, monsieur Lévêque est passé quelquefois le week-end. Pour relire ses notes de tournage tranquillement au bord de la piscine. Ou pour écrire. Une fois, il m'a dit qu'il retravaillait le scénario au fur et à mesure.

Boris et Aimé échangèrent un regard soupçonneux.

— Et quand ça lui arrive, demanda Aimé, il reste toujours au bord de la piscine ou sur la terrasse ?

— Toujours, répondit le vigile, sans hésiter cette fois. Bien sûr, il lui arrive d'entrer pour aller pisser ou manger un truc à la cuisine. Autrement, il reste dehors. Avec ce climat, hein, ça serait dommage de ne pas en profiter.

Corentin et Brichot se regardèrent. Puis Boris reprit :

— Et à part ça, vous n'avez jamais rien remarqué d'anormal ?

— Dans quel genre ? demanda le vigile avec un air candide.

— Dans le genre anormal, fit Boris, légèrement agacé. Quelque chose d'inhabituel qui se serait produit au moins une fois. Quelque chose qui aurait attiré votre attention. Un événement, même insignifiant, un objet qui se serait trouvé là où il n'aurait pas dû... quelque chose comme ça.

José Sylvain fit un effort de concentration qui rapprocha ses yeux noirs au point qu'ils avaient presque l'air de se toucher.

— Non, fit-il enfin. Je ne vois pas.

— Bien, fit Corentin, je vous remercie. Restez quand même à notre disposition.

— Pas de problème, dit le vigile avec un sourire. Vous savez où me trouver. Je suis là tous les jours.

Il les rattrapa après qu'ils se furent déjà éloignés de quelques mètres :

— Dites... fit-il.

— Oui ? dit Boris.

— Si jamais vous allez voir mon patron, soyez sympas de ne pas lui parler de...

Du menton, il désigna sa voiture avec un air un peu gêné.

Corentin et Brichot comprirent qu'il faisait allusion à ses petites séances de cinéma privées.

— Ne vous inquiétez pas, dit Boris. Ça restera entre nous.

L'autre les remercia et retourna visionner la fin de son film.

— Qu'est-ce que tu penses de ces visites d'Alain Lévêque, le week-end à la villa ? fit Aimé Brichot en sortant son vaste mouchoir à carreaux pour éponger la sueur qui perlait à son front à cause de la chaleur.

Boris haussa les épaules :

— Je n'en pense rien de particulier, pour tout te dire. Il a le droit de venir ici le week-end, de temps en temps, si ça lui fait plaisir. Il n'y a rien d'illégal là-dedans. Et c'est ce qu'il ne manquera pas de nous dire, si on l'interroge à ce sujet. Quant à lui demander s'il ne profiterait pas de ces visites ici en fin de semaine pour tourner des films cochons... ça m'étonnerait qu'il le reconnaisse, même si c'était le cas. Il ne fera que confirmer ce que vient de nous dire le vigile.

— Qui, du même coup, vient sans le savoir de lui fournir un alibi en béton, ajouta Aimé.

Corentin le fixa soudain :

— Sans le savoir ?...

Suivant le raisonnement de sa flèche, Brichot enchaîna :

— Tu crois qu'ils pourraient être de mèche... Lévêque et le vigile ?

Boris haussa les épaules :

— Sait-on jamais ? Tout est possible... Mais franchement, je ne crois pas notre ami José Sylvain assez imprudent pour participer à ce genre de... d'organisation.

— Il a pourtant hésité, quand on lui a demandé si Lévêque venait ici le week-end.

Boris balaya l'objection d'un geste :

— Je crois qu'il a simplement eu peur que les séjours sur le lieu de tournage en dehors des heures officielles aient quelque chose d'illégal, ou quelque chose comme ça. Auquel cas, il se serait fait engueuler par Lévêque pour en avoir parlé.

Corentin plongea son regard noir dans celui de Brichot :

— Tu vois, Mémé, le genre de film comme celui que nos collègues ont saisi sont l'œuvre d'esprits pervers. Ce qui n'est pas le cas de José Sylvain, le vigile, ça se voit au premier coup d'œil. S'il avait quelque chose à voir avec cette affaire sordide, ça ne pourrait être que malgré lui. Et même sans doute à son insu.

Aimé Brichot eut une moue légèrement dubitative :

— Tu as peut-être raison... Alors, quelle est la suite du programme, d'après toi ?

Corentin lâcha un profond soupir :

— Recommencer l'interrogatoire auquel nous venons de procéder.

— Quoi ?

— Mais avec le vigile de nuit, cette fois.

— Ah, bon, fit Aimé. Tu m'as fait peur.

— Puisqu'il n'a l'air de rien se dérouler d'anormal ou de répréhensible ici pendant la journée, fit Boris en marchant vers leur Mégane de service, il s'en passe peut-être la nuit.

L'agence Sécuritas, qui employait les vigiles affectés à la surveillance de la villa, avait ses bureaux à Nice, tout près de la place Masséna. Par l'autoroute de l'Estérel, il ne leur fallut pas plus de quarante minutes pour s'y rendre.

Le directeur, un ex-flic reconverti dans la sécurité, accueillit avec chaleur ses anciens collègues et leur donna sans difficulté les coordonnées de Daniel Ducreil, le vigile de nuit.

— Et vous avez une idée d'où on pourrait le trouver, à cette heure-ci ? demanda Corentin.

— Facile, rigola l'ancien flic. C'est un dingue de musculation. Comme presque tous les types que j'emploie, d'ailleurs. Vous devriez le trouver au Golden Gym.

Il leur donna l'adresse et les deux hommes s'y trouvèrent un quart d'heure plus tard.

À l'accueil, une petite brune vêtue d'un top et d'un short en stretch qui moulaient diaboliquement ses formes explosives leur indiqua de loin un Noir au crâne rasé. Celui-ci se trouvait au milieu de la salle où une foule de types aux muscles énormes s'acharnaient sur des appareils de toutes sortes, et soulevaient en grimaçant des barres chargées d'haltères chromées.

Ici ou là, il y avait aussi quelques filles aux corps déliés et athlétiques, s'escrimant sur des appareils de « cardio-training ». La plupart d'entre elles portaient des bodys et des shorts moulants, ce qui permettait de suivre les mouvements de leurs fesses et le gonflement régulier de leurs seins à travers le tissu. Avec la sueur qui collait à leur peau leurs tenues de sport et les rendait presque transparentes, on profitait de leur anatomie d'une façon presque aussi précise que si elles étaient entièrement nues.

Boris et Aimé s'arrachèrent à ce spectacle au pouvoir quasi-hypnotique pour ramener leur attention sur l'homme qu'ils étaient venus voir.

Daniel Ducreil était présentement couché sur un banc de musculation et travaillait ses pectoraux en soulevant une barre à chaque extrémité de laquelle étaient boulonnées deux « roues » de cinquante kilos chacune.

Corentin et Brichot attendirent qu'il ait terminé sa « série » pour s'approcher.

L'homme se montra aimable et coopératif. Non, il n'avait jamais rien remarqué d'anormal dans, ou autour de la villa, au cours de ses rondes nocturnes.

— Vous n'avez jamais vu de lumière s'allumer à l'intérieur ? demanda Corentin.

L'autre secoua la tête :

— Non, jamais. Autrement, je serais allé voir, vous pensez, bien qu'on n'ait pas le droit d'entrer, en principe.

— Jamais de visites nocturnes non plus ? demanda Brichot.

— Non plus, fit Ducreil d'un air étonné. Je ne vois pas ce qu'un membre de l'équipe de tournage serait venu faire à la villa en pleine nuit. Et un cambrioleur, je l'aurais repéré et je lui serais tombé dessus, faites-moi confiance.

Il ponctua cette affirmation d'un grand rire sauvage qui fit passer un léger frisson dans le dos d'Aimé Brichot.

Il n'aurait pas aimé être à la place du cambrioleur en question.

Les deux policiers remercièrent Daniel Ducreil et quittèrent le Golden Gym.

Le soir commençait à tomber sur le vieux Nice.

— Et maintenant, on fait quoi ? demanda Aimé Brichot d'une voix lasse.

— On retourne à Antibes, fit Corentin. Il ne nous reste plus qu'à poser les mêmes questions aux voisins immédiats de la villa.

Aimé lâcha un soupir épuisé d'avance.

— Eh oui, Mémé, je sais bien, fit Boris : ça fait partie des joies de notre beau métier. Mais comme ça, au moins, on sera complètement fixés de ce côté-là.

À cause de la circulation, devenue de plus en plus dense en cette fin d'après-midi, ils mirent deux fois plus longtemps à faire le trajet en sens inverse.

Mais une fois revenus aux abords de la villa, ils furent soulagés de constater que celle-ci n'avait que très peu de voisins immédiats. À peine deux ou trois maisons se trouvaient-elles suffisamment proches pour que leurs occupants aient pu, éventuellement, apercevoir une lumière allumée, la nuit, dans l'immense propriété d'Édouard Fernbach.

Ils sonnèrent aux portes des voisins du milliardaire et obtinrent à chaque fois la même réponse : non, personne n'avait rien remarqué au cours de ces dernières semaines.

— Bien, fit Boris, cette fois, Mémé, je crois qu'on a bien mérité de se faire un bon petit restau dans le vieil Antibes et une bonne nuit de sommeil à notre hôtel.

— J'allais te le suggérer, fit Brichot en étouffant un bâillement.

Ce fut à ce moment précis que le portable de Corentin sonna, dans la poche intérieure de son blouson de toile.

— Boris ? fit la voix, reconnaissable entre toutes, du commissaire divisionnaire Charlie Badolini. Alors, où en êtes-vous ?

— Pas fameux, patron, avoua Corentin avant de lui faire un rapide résumé de la situation. Le décor de la villa est bien le même que celui du film saisi, il n'y a aucun doute là-dessus. Malheureusement, nous n'avons encore aucune idée sur la manière dont on aurait pu s'y prendre pour tourner le film en question. La villa est occupée toute la journée par une équipe de tournage, surveillée par un vigile, de jour comme de nuit, et ni le réalisateur, ni les vigiles, ni même les voisins n'ont remarqué quoi que ce soit d'anormal. Ou alors, c'est qu'on se serait amusé à reconstituer ce décor ailleurs, à l'identique, comme nous l'a suggéré Édouard Fernbach, le propriétaire de la villa. Mais franchement, patron, c'est tellement absurde que ça me paraît plus qu'improbable.

— Eh bien moi, j'ai du nouveau, lâcha Badolini. Et même du spectaculaire. Figurez-vous qu'on vient de repêcher le corps d'une nouvelle fille à Fontaine-de-Vaucluse !

Boris Corentin en resta comme deux ronds de flan. Pendant plusieurs secondes, il fut incapable de parler.

— Boris, reprit Badolini, vous êtes toujours là ?

— Euh, oui, patron, fit Corentin en tâchant de se remettre du choc.

— Et celle-là, figurez-vous qu'on l'a identifiée, poursuivit Badolini d'une voix presque enjouée. À l'heure qu'il est, elle se trouve à l'Institut médico-légal [1], entre

1. La morgue, dans le langage courant. Celle-ci se trouve place Mazas, à Paris, juste sous la station de métro Quai de la Rapée.

les mains du légiste Jean Karadec. La fille et le légiste vous attendent tous les deux demain, dans le courant de la matinée. Karadec voulait vous voir tout de suite, mais je l'ai prévenu qu'il vous faudrait quand même quelques heures pour rentrer de la Côte d'Azur.

« Vous êtes trop bon, patron », faillit lâcher Corentin. Mais il se retint de justesse.

— C'est compris, patron, fit Boris, on y sera.

— On y sera... où ça ? demanda Brichot d'un air vaguement inquiet, quand Boris eut raccroché et rangé son portable.

Corentin lui passa affectueusement le bras autour de l'épaule.

— Je vais tout te dire, Mémé. Mais d'abord, rassure-toi : la petite bouffe au restau tient toujours. Seulement, il ne faudra pas trop picoler. Parce qu'on va devoir se relayer pour conduire toute la nuit.

CHAPITRE VIII

Au loin, dans le soleil couchant, les yachts de milliardaires laissaient toujours derrière eux leurs traînées luisantes avec la même régularité tranquille. Il en passait tous les soirs, toutes les nuits, et à toute heure du jour.

À croire qu'ils se livraient à ce manège exprès pour le narguer.

Alain Lévêque était resté seul à la villa après le tournage, ce soir-là. Ce qui lui arrivait de temps en temps. Pour réfléchir, méditer, ou tout simplement admirer le soleil couchant en buvant du rosé frais, tout en profitant des charmes et du savoir-faire érotique de Sabrina, son « actrice » préférée.

Ou d'une autre, au gré de ses « castings ».

C'était un peu comme sur les marchés ou les cartes des grands restaurants : « selon arrivage ».

Mais ce soir, il n'avait pas le cœur à la bagatelle. Et il avait sèchement décliné la proposition de Sabrina de lui tenir compagnie.

Un peu trop sèchement, même. Il s'en voulait. Non pas par égards pour elle, mais parce qu'elle allait lui faire la gueule pendant au moins trois jours et que, franchement, il n'avait pas besoin de ça en ce moment.

La visite de ces deux flics, aujourd'hui, lui avait

« pris la tête grave », comme disaient ses jeunes acteurs et actrices.

Il repensait en particulier à cet espèce d'athlète baraqué, ce commandant Corentin, qui lui avait fait l'effet d'être tout ce qu'on voulait, sauf un imbécile.

Beau et intelligent... Il n'y avait décidément pas de justice.

Bien sûr, Alain Lévêque avait sauvé les apparences. Enfin, à peu près, lui semblait-il. Quand les deux flics lui avaient montré la vidéo, SA vidéo, il avait eu un choc, c'est vrai. Et il avait bien failli perdre tous ses moyens. Pour un peu, sous le coup de l'émotion, il aurait tout avoué. Heureusement qu'il s'était repris de justesse. Sa surprise, après tout, était parfaitement normale et justifiée. Elle était celle d'un homme innocent, qui découvre des images scandaleuses...

C'était en tout cas l'interprétation que les deux flics en avaient fait.

Alain Lévêque se repassa mentalement le film de son entretien avec eux.

Non, décidément, il n'y avait rien qui clochait. Il ne s'était pas trahi. Il avait été parfait jusqu'au bout, aussi bien en protestant de son innocence qu'en les invitant à visiter la maison. Il leur avait même demandé de le tenir au courant de la suite de l'enquête.

Il trouva la force de sourire en y repensant.

Ça, toute modestie mise à part, c'était un trait de génie.

Non seulement ça faisait vrai, innocent, mais en plus, si ces deux flics tenaient leur promesse, ça lui permettrait de savoir tout ce qu'ils savaient.

À condition qu'ils apprennent quoi que ce soit de nouveau.

Ce qui serait contrariant.

Très contrariant, même.

Parce qu'alors là, ça pourrait bien être le début de la fin. Pour lui, et pour ses beaux rêves de fortune.

À cette idée, un début de panique s'empara d'Alain Lévêque. Il s'efforça de le contrôler en raisonnement froidement.

Ils avaient quoi, les flics ?

Un cadavre – celui d'Alma Stovia, apparemment – dont ils avaient reconnu eux-mêmes qu'il était défiguré et impossible à identifier.

Et même si on l'avait identifiée...

C'était une réfugiée albanaise comme des milliers d'autres, point final. Sans aucun lien avec lui.

Ensuite, il y avait cette vidéo, malencontreusement tombée entre leurs mains, mais à laquelle rien ne permettait non plus de le relier.

N'empêche qu'une heure plus tôt, par le biais d'Internet, il avait passé un savon monumental à Li, son contact asiatique, en exigeant qu'il renforce les mesures de sécurité et qu'il « punisse » le client responsable de cette fuite.

Les « punitions » qu'infligeait Li étaient du genre à vous faire regretter d'être né.

Et celle-là, sans l'ombre d'un doute, rendrait ses autres clients particulièrement précautionneux.

Du coup, il y avait peu de chances qu'une autre « bavure » du même genre se produise.

Alain Lévêque poursuivit son inventaire mental.

Évidemment, il y avait aussi ce décor, celui de la villa. Le même que celui des vidéos, et pour cause...

Loin de s'affoler en pensant à ce nouveau détail, il éclata de rire, tout seul sur « sa » terrasse.

Ce mystère-là, les flics n'étaient pas prêts de le percer. Parce que pour ça, il faudrait qu'ils soient extra-lucides.

Non, à bien y réfléchir, le seul truc vraiment embêtant était que le corps d'Alma Stovia soit remonté à la surface.

Ça, c'était un truc qu'il n'avait pas prévu. Mais alors, pas du tout.

Et c'était extrêmement contrariant pour une raison claire comme de l'eau de roche, c'était le cas de le dire :

Si le corps d'Alma était remonté, il n'y avait pas de raison pour que celui de Lorraine Bouchardon ne remonte pas à son tour.

Or, cette fille-là n'était pas une réfugiée albanaise anonyme, « intraçable »...

C'était une française d'origine, « bien de chez nous », avec une identité officielle et probablement une famille.

Évidemment, il y avait toujours la possibilité qu'elle soit défigurée, comme l'autre, par son passage à travers les galeries souterraines.

Mais un coup de chance pareil, il fallait bien regarder les choses en face : il y avait peu de chances pour que ça arrive deux fois de suite.

Alain Lévêque alla dans la cuisine se servir un double scotch, ce qui l'aidait toujours à réfléchir. Puis, son verre à la main, il revint s'installer au bord de la piscine, sur une chaise longue, face au soleil couchant.

D'abord, ce qui était fait était fait. Le gouffre secret où il avait jeté le corps de Lorraine Bouchardon ne restituerait pas sa proie. Inutile, donc, de chercher à récupérer le cadavre pour – par exemple – aller l'enterrer quelque part entre le mont Ventoux et la montagne de Lure, dans un de ces coins désertiques où on ne l'aurait jamais retrouvé.

La seule question qui méritait d'être posée, à présent, était : si le corps de Lorraine Bouchardon remonte... dans combien de temps remontera-t-il ?

Alain Lévêque se livra à un rapide calcul mental.

On était début mai.

D'après ce qu'il avait cru comprendre en écoutant les deux policiers, on avait retrouvé le cadavre d'Alma Stovia quelques jours plus tôt.

Or, « l'accident » qui lui avait coûté la vie pendant le tournage clandestin avait eu lieu six semaines auparavant.

C'était donc ce temps-là qu'il avait fallu aux galeries souterraines des montagnes de Haute-Provence pour restituer leur proie.

Sachant qu'il s'était débarrassé huit jours plus tôt, de la même manière, du cadavre de Lorraine Bouchardon, ça lui laissait à vue de nez cinq semaines de tranquillité.

Dans l'éventualité où elle réapparaîtrait à son tour. Ce qui n'était même pas évident, d'ailleurs.

Bref, une fois évaluées toutes les données du problème et longuement réfléchi à la situation, Alain Lévêque se trouvait face à un choix de trois possibilités.

Soit il décidait que tout ça devenait trop dangereux, que les flics le coinceraient forcément un de ces jours, et il leur faussait compagnie en disparaissant purement et simplement du jour au lendemain. Avec la petite fortune qu'avait rapporté le film avec Lorraine Bouchardon – et que Li avait placée en son nom dans différentes banques de Manille et de Singapour –, il avait déjà de quoi couler une existence confortable. Et puis, rien ne l'empêcherait de reprendre ses activités ailleurs, loin de ce Boris Corentin, dans un de ces pays où il suffisait « d'arroser » convenablement la police pour qu'elle vous laisse tranquille.

Soit il profitait du délai de grâce qu'il pensait avoir avant qu'on ne retrouve le corps de Lorraine, pour tourner le prochain film de sa série pour alimenter son réseau Internet. D'autant plus que le processus de recrutement était déjà en marche. À l'heure qu'il était, son contact français était déjà à la recherche de celle qui serait sa prochaine vedette. Et sa prochaine victime...

Après tout, il avait sous la main tout le matériel nécessaire, et surtout ce lieu de tournage insoupçonnable... Ce serait dommage de ne pas en profiter encore une fois.

Ce ne serait qu'après avoir « mis en boîte » ce film-là qu'il disparaîtrait de la circulation.

Troisième hypothèse : il tentait un énorme coup de poker.

Alma Stovia était inidentifiable.

Lorraine Bouchardon ne remonterait peut-être jamais.

Et les flics n'avaient absolument rien sur lui.

Qui plus est, il disposait de cette fabuleuse « couverture » que représentait le tournage, six mois par an, de la série « Cœurs en été ».

Oui, plus il y pensait, plus Alain Lévêque se disait qu'il était intouchable. Assuré de l'impunité la plus complète.

Malgré les flics, malgré leur enquête, et même malgré les cadavres qu'on retrouverait éventuellement, il y avait toutes les chances pour qu'il puisse poursuivre ses activités clandestines le plus tranquillement du monde.

Et tout ça grâce à son « plateau » de tournage secret, qui lui garantissait la plus efficace des protections...

Une protection à toute épreuve.

Alain Lévêque avala lentement une nouvelle rasade de scotch, après avoir fait tinter les glaçons dans son verre.

Soudain, l'avenir lui paraissait aussi radieux que ce soleil couchant sur la Méditerranée.

Et aussi prometteur, financièrement, que celui de ces milliardaires à bord de leurs yachts.

Le temps de finir son verre, il avait pris sa décision.

Il opterait pour la troisième solution.

*
* *

Le docteur Jean Karadec, médecin légiste de son état, rejeta sans état d'âme apparent le drap qui recouvrait le corps étendu sur le plateau que deux aides venaient de faire glisser hors du « frigo » de la morgue.

— Embolie cérébrale, lâcha-t-il froidement, sans quitter la cigarette brune qu'il gardait vissée au coin de sa bouche.

Debout à côté du cadavre de la fille, Boris Corentin et Aimé Brichot surent qu'ils se faisaient au même instant la même réflexion :

Quel gâchis ! Une fille aussi jeune, aussi belle, aussi bien foutue...

Et dire que c'était presque toujours à celles-là que

s'attaquaient les pervers et autres détraqués sexuels en tout genre.

Corentin, malgré le métier et l'expérience, ressentait toujours une profonde compassion pour les victimes des meurtres, ces hommes et ces femmes dont on avait interrompu arbitrairement et sauvagement l'existence.

Mais quand il s'agissait d'une jeune et jolie fille, son cœur d'homme à femmes se serrait un peu plus que d'habitude...

Il chassa ces pensées mélancoliques et redevint flic à cent pour cent.

La fille n'était pas nue, ou presque nue, comme l'était la première.

Celle-ci portait une tenue qui, à cause des « matériaux » qui la composaient, avait partiellement résisté au frottement des pierres dans les galeries souterraines.

Ses interminables cuissardes en vinyle, ainsi que son boléro de cuir, avaient été lacérés par les roches coupantes comme des rasoirs. De ses seins, qui devaient jaillir à l'origine par les deux trous découpés dans le boléro noir, il ne restait plus qu'une bouillie informe. Son ventre aussi, où l'on distinguait un reste de toison blonde taillée en V, était en charpie.

Ses mains et ses bras, également, étaient littéralement déchiquetés.

Mais son visage, comme par une sorte de miracle, était demeuré rigoureusement intact, à l'exception de quelques égratignures.

— Comment expliquez-vous que sa figure ait subi aussi peu de dommages, docteur ? demanda Corentin. Quand on voit le reste du corps...

Jean Karadec désigna les bras de la victime :

— Ce sont eux qui ont tout pris, apparemment. Le

hasard a voulu qu'ils se soient positionnés devant le visage, comme si la fille, même morte, avait voulu le protéger. C'est un phénomène inexplicable. Dû au hasard des courants souterrains...

— Car elle était bien morte une fois dans les galeries souterraines, n'est-ce pas ? insista Brichot.

— Ça, ça ne fait pas l'ombre d'un doute, dit Karadec. Comme je vous l'ai dit, elle est morte d'une embolie cérébrale provoquée par un afflux excessif de sang au cerveau.

Aimé Brichot écarquilla ses yeux rougis par la fatigue du trajet nocturne depuis la Côte d'Azur. Il avait toujours eu le plus grand mal à dormir en voiture.

— Mais il aurait fallu qu'elle reste la tête en bas pendant des heures !

Boris fronça les sourcils :

— En effet. Et j'imagine qu'elle n'a pas fait ça volontairement.

Le légiste souleva délicatement les poignets de la fille blonde.

— Regardez, dit-il, elle porte encore des marques aux poignets et aux chevilles. Ce sont les traces laissées par les liens – probablement en cuir – qui ont servi à l'attacher, puis à la maintenir la tête en bas.

— Vous voulez dire qu'on l'a suspendue, comme une vulgaire carcasse de bœuf à l'abattoir ? s'étonna Boris.

Jean Karadec eut une petite moue qui fit se tortiller sa cigarette :

— Je dirais plutôt attachée sur un support. Je peux même vous dire que ce support était en bois. Elle a des échardes dans le dos, et des marques de frottement qui ne sont pas de la même nature que les blessures provoquées par la roche. Il n'est pas impossible qu'on l'ait crucifiée la tête en bas.

— Comme saint Pierre, murmura Brichot à qui cette image faisait remonter à la mémoire des souvenirs de catéchisme.

Corentin soupira :

— En tout cas, même si elle a dû en baver avant de mourir, cette mort-là n'est pas une « bavure », contrairement à ce que nous avions envisagé pour la première. Cette fois, son assassin l'a faite mourir volontairement.

— Et en la filmant, ajouta Brichot en désignant du doigt le collier que la fille portait toujours.

— J'avais remarqué, fit Boris : c'est bien le même collier que celui du premier cadavre et celui de la ville de la vidéo : le collier de chien clouté, avec cet espèce de pendentif bouddhiste. Une véritable signature...

— Une signature anonyme, hélas ! soupira Aimé. Par contre, la victime, elle, ne devrait pas le rester longtemps. J'attends d'une seconde à l'autre le dossier que l'Identité judiciaire a constitué sur elle, avec l'aide des « Dispas ». [1]

Avec une précision théâtrale, un jeune inspecteur déboula à cet instant précis dans la pièce, un dossier cartonné sous le bras.

— Commandant, capitaine... Monsieur le Divisionnaire Badolini m'a chargé de vous remettre ceci en urgence.

— Merci, fit Boris en s'emparant du document.

---

1. Service des Personnes Disparues. Ce service, qui dépend de la PJ et qui est situé rue du Château-des-Rentiers, à Paris, enregistre, comme son nom l'indique, les déclarations de disparitions.

Il commença à lire, pendant que le jeune inspecteur s'en allait :

— Lorraine Bouchardon, vingt et un ans, née à Cannes le 2 décembre 1982. Domiciliée chez ses parents, Jacqueline et Roger Bouchardon, commerçants, 28 rue de l'Abbé-Moreau, à Cannes. Sans profession. Pas de casier judiciaire. Sa disparition a été signalée par ses parents il y a cinq jours, au SRPJ de Cannes, qui a transmis le dossier aux « Dispas ».

— Eh bien, fit Aimé Brichot avec un petit sourire, on dirait qu'on a enfin un petit début de piste, tu ne crois pas ?

— Sait-on jamais, Mémé, fit Boris en refermant le dossier.

Cinq minutes plus tard, ils étaient de nouveau à bord de leur Mégane de service qui, grâce à eux, avait tendance à accumuler les kilomètres, ces derniers temps.

— À quoi tu penses ? demanda Aimé en voyant la ride soucieuse qui barrait le front de sa flèche.

— À notre ami Alain Lévêque, le réalisateur, répondit Boris en attrapant d'une main son paquet de cigarettes blondes. Je sais bien qu'il a tous les alibis du monde, mais j'ai beau retourner le problème dans tous les sens, j'en reviens toujours à lui...

Brichot eut une moue dubitative :

— Je te comprends. Moi-même, je trouve qu'il ferait un coupable idéal. Mais il n'est pourtant pas le seul à savoir se servir d'une caméra-vidéo…

— C'est quand même un professionnel de l'image...

— Et alors ? ricana Aimé. Pour réaliser les films qui nous intéressent, pas besoin d'être Visconti. Ça peut aussi bien être du travail d'amateur.

Corentin hocha la tête :

— Je ne suis pas de ton avis, Mémé. Les films en question ne méritent peut-être pas l'Oscar – sauf celui de la saloperie –, mais tu auras peut-être remarqué qu'ils sont faits avec un certain niveau de technicité. En particulier dans le cadrage et les mouvements de caméra, qui ne sont jamais saccadés, contrairement à ce qu'on voit dans les films d'amateurs, mais restent toujours fluides, parfaitement « coulés ». Il y a aussi cette façon de composer l'image en faisant apparaître le feu de bois dans un angle...

— Bref, on a affaire à un artiste, fit Brichot avec un sourire en coin.

— Tu ne crois peut-être pas si bien dire, Mémé. Ou en tout cas à quelqu'un qui a des velléités de l'être, ou d'être considéré comme tel. Et je ne serais pas surpris de rencontrer ce genre d'aspiration chez un metteur en scène frustré qui doit se contenter de réaliser des feuilletons débiles.

— Comment sais-tu qu'Alain Lévêque est frustré ? fit Aimé. Il est peut-être très heureux de son sort.

Corentin hocha la tête encore une fois :

— Ça m'étonnerait, Mémé. Et tu sais pourquoi ? Parce qu'il est intelligent, ça se voit au premier coup d'œil. Un imbécile serait ravi de tourner « Cœurs en été », ça suffirait à son bonheur. Alain Lévêque, lui, a d'autres ambitions. Des ambitions inassouvies, mais des ambitions quand même. J'en mettrais ma main au feu.

— Si tu le dis... fit Aimé en remontant ses lunettes sur son nez. Mais je ne vois pas à quoi à ça nous avance.

— Pas à grand-chose pour l'instant, reconnut Corentin. N'empêche que je vais quand même faire surveiller la villa jour et nuit par des hommes à nous. On ne sait jamais...

— Tu as raison : ça ne mange pas de pain. En tout cas, j'ai l'impression qu'on va remettre le cap sur la Côte d'Azur. Pas vrai ?...

Corentin se tourna légèrement vers son coéquipier pour lui adresser un clin d'œil complice :

— Bien vu, Mémé. Et pas plus tard qu'aujourd'hui même. Mais avant, on a une petite visite à faire...

*
* *

Édouard Fernbach s'avachit un peu plus dans son canapé Louis XV, qu'il emplissait à lui seul de toute sa corpulence.

— Alors là, messieurs, j'avoue que je tombe des nues ! Si je comprends bien, le grand salon de ma villa d'Antibes a bel et bien servi de décor au tournage de ces films ignobles, et cela, sans l'ombre d'un doute ?

— Sans l'ombre d'un doute, renchérit Corentin.

— Et malgré cette certitude, vous n'avez pas trouvé le plus petit indice sur quoi que soit ou qui que ce soit. Eh bien bravo, dites donc...

Corentin et Brichot, installés face à Édouard Fernbach dans deux fauteuils Louis XV, échangèrent un regard rapide.

C'était la meilleure ! Il n'allait pas avoir l'audace de les engueuler, quand même ! Il n'aurait plus manqué que ça !

— Monsieur Fernbach, reprit Corentin d'une voix glaciale, nous sommes venus vous mettre au courant de la situation, dans la mesure où elle vous concerne. Je vous rappelle qu'en tant que propriétaire des lieux, vous pourriez fort bien être mis en examen pour complicité.

— Quoi ? hurla le milliardaire en faisant un bond sur son canapé avec une agilité surprenante.

— Ce n'est pas une certitude, fit Boris en levant la main pour le calmer. Tout dépend, bien sûr, de la tournure que prendra la suite des événements.

Il prit le temps d'avaler une gorgée du même vieux whisky que Fernbach leur avait fait servir à leur première visite.

Comme la première fois, la soubrette en tenue sexy avait fait une apparition discrète et silencieuse.

Et, à nouveau, extrêmement éloquente, en ce qui concernait les regards qu'elle avait lancés à Boris en posant son verre devant lui. Regards accompagnés de mouvements de hanches discrets mais suggestifs, et d'un petit sourire qui exprimait toute la satisfaction qu'elle avait à le revoir.

Aimé Brichot profita du court silence pour « cuisiner » à son tour le milliardaire.

— Je sais bien que vous nous avez tout dit la première fois, monsieur Fernbach, fit-il, mais je voudrais tout de même faire appel une nouvelle fois à votre mémoire... ou à votre imagination. Voyez-vous un moyen, que nous ignorons forcément, pour que ces films aient pu se tourner chez vous ? Ou, si vous préférez, pouvez-vous en imaginer un ?

Le visage éléphantesque d'Édouard Fernbach s'affaissa tout d'abord dans une expression totalement désemparée. Puis, un imperceptible sourire fit remonter légèrement le coin de sa bouche.

— Si je comprends, bien, dit-il, vous êtes dans le noir total ?

— Je l'avoue, dit Corentin sans juger utile de mentionner leur piste toute récente : celle de Lorraine Bouchardon.

Édouard Fernbach avala une rasade de scotch et lâcha avec une pointe d'ironie amère :

— Eh bien, messieurs, bienvenue au club !

Comprenant qu'ils n'en tireraient rien de plus, Boris et Aimé prirent congé.

Un peu agacés toutefois par le ton légèrement teinté d'ironie avec lequel il leur avait souhaité bonne chance pour la suite de leur enquête.

Pas plus que la première fois, ils ne remarquèrent la silhouette du milliardaire, caché derrière le rideau de sa fenêtre pour les regarder partir.

Ni son petit sourire en coin.

En revanche, Boris aurait eu du mal à ne pas voir la soubrette d'Édouard Fernbach, qui était sortie de l'hôtel particulier sur leurs talons et qui les poursuivait avec de grands cris :

— Attendez-moi ! Hé ! Attendez-moi !

Boris se retourna juste à temps pour l'empêcher de lui tomber dans les bras. Ce qu'elle s'apprêtait à faire, en faisant habilement semblant d'avoir glissé.

— J'ai pris mon après-midi, fit-elle d'une voix essoufflée. Et ma soirée aussi. Bref, je suis libre jusqu'à demain.

— J'avais compris, fit Boris avec un petit sourire. Eh bien, je vous souhaite d'en profiter le mieux possible. Nous, nous avons du travail.

— C'est que... dit la soubrette en baissant les yeux d'un air faussement contrit, je m'étais dit que... Enfin, j'avais espéré que vous et moi... Enfin vous voyez ce que je veux dire, quoi.

Le sourire de Corentin s'élargit jusqu'à découvrir ses dents de fauve.

Pas besoin de lui faire un dessin.

Il se tourna vers Aimé Brichot, qui le fixait d'un œil sévère.

— Boris, fit-il, je te rappelle qu'on a du travail, comme tu viens d'ailleurs de le dire à Mademoiselle. La Côte d'Azur nous attend. Tu as déjà oublié ?

Boris se retourna vers la soubrette, dont le regard, plongé dans le sien, lui promettait déjà un programme érotique complet, avec passage en revue des trente-deux positions du *Kama-Soutra.*

— Écoute, Mémé, fit-il à voix basse en s'approchant de lui, tu ne crois pas qu'après toutes ces péripéties, tu as bien mérité une petite soirée en famille avec Jeannette et les enfants ? Si on ne part que demain, ça ne changera pas grand-chose, après tout.

— C'est ça, grommela Aimé Brichot. Elle a bon dos, ma famille. Ça t'arrange bien de te souvenir que j'en ai une, tout ça pour pouvoir aller faire des galipettes avec cette...

Il croisa soudain le regard de la soubrette, qui lui adressa un clin d'œil ensorceleur en se tortillant sur place.

— Remarque, fit Aimé en rougissant légèrement, je te comprends. Elle m'a l'air pleine de... qualités, cette jeune fille. Et puis, c'est vrai que Jeannette sera contente de m'avoir à la maison, pour une fois.

— Qu'est-ce que je te disais, rigola Boris en lui tapant dans le dos. Et puis c'est vrai, tu sais, si on ne redescend que demain, on pourra démarrer sur les chapeaux de roue, alors qu'en débarquant à l'aube...

Allez, pour te consoler, je te laisse la voiture. Nous, on va prendre un taxi.

— Et nous, on pourrait peut-être prendre un apéritif ? suggéra la soubrette quand Brichot eut démarré.

— Pourquoi pas, fit Boris. Et tu proposes quoi, comme apéritif.

La fille le fixa d'un regard brûlant :

— Moi. À consommer sans modération. Dès qu'on sera arrivés chez toi, bien entendu.

CHAPITRE IX

Ce n'était plus un homme et une femme, français dits « moyens » comme tant d'autres et honnêtes commerçants, mais deux pauvres êtres effondrés l'un sur l'autre, écrasés tous deux par une douleur qu'ils partageaient sans parvenir à la rendre plus légère pour autant.

Jacqueline et Roger Bouchardon, marchands de fruits et légumes rue de l'Abbé-Moreau, à Cannes, n'étaient plus qu'un bloc de chagrin. Enlacés, tête contre tête, ils sanglotaient et gémissaient comme des enfants torturés, depuis que les deux policiers arrivés de Paris quelques minutes plus tôt leur avaient appris l'horrible nouvelle :

La mort de leur fille unique, Lorraine.

Avant de la leur annoncer, Boris et Aimé avaient pris la précaution de leur demander de bien vouloir fermer boutique et de les conduire chez eux, juste au-dessus du magasin. Ils les avaient fait asseoir dans leur petit salon, puis avaient entrepris de leur parler avec le plus de ménagement possible, comme un médecin s'adressant à un malade condamné.

Mais ils n'avaient pu que gagner une minute ou deux. Après quoi, il avait bien fallu lâcher les mots fatidiques. En sachant toute la souffrance qu'ils allaient provoquer.

Aimé avait les yeux humides. Boris baissait la tête, attendant patiemment le moment où Jacqueline et Roger Bouchardon seraient à nouveau capables de parler. Capables d'entendre leurs questions et, si possible d'y répondre.

Ce qu'ils venaient de faire était probablement ce qu'il y avait de pire dans le boulot de flic : annoncer à des parents la mort de leur enfant.

Dans ce genre de circonstances, Aimé Brichot et Boris Corentin auraient préféré cent fois affronter une bande de malfrats armés jusqu'aux dents, quitte à ramasser une balle...

Ç'aurait été moins douloureux, d'une certaine façon.

Après de longues, d'interminables minutes, Roger Bouchardon sembla, le premier, reprendre soudainement conscience de la présence des deux policiers. Il les regarda l'un après l'autre avec des yeux rougis, en s'essuyant le nez et la moustache d'un revers de manche. Comme ça ne suffisait pas, il sortit un grand mouchoir et se moucha avec un bruit qui était comme un sanglot supplémentaire.

— Allez-y, fit-il d'une voix cassée. Dites-moi tout ce que vous savez sur sa mort. N'ayez pas peur : on tiendra le coup. Hein, Jaja ?

Sans cesser de pleurer et sans décoller son visage de la nuque puissante de son mari, Jacqueline Bouchardon fit « oui », de la tête.

En évitant de trop entrer dans les détails, Boris expliqua d'une voix calme que Lorraine était morte d'une embolie cérébrale, due à une station prolongée la tête en bas.

— C'est un accident ? demanda naïvement Jacqueline Bouchardon, tout en trouvant enfin le courage de leur faire face.

— Non, fit Corentin : nous avons la preuve qu'il s'agit d'un meurtre.

Le couple resta un instant tétanisé en fixant à tour de rôle Corentin et Brichot. Puis, les époux se regardèrent, comme s'ils se voyaient pour la première fois.

Comme s'ils ne comprenaient pas le sens du mot « meurtre ».

Ce fut Roger Bouchardon qui, le premier, reprit un peu de poil de la bête.

— On connaît l'ordure qui a fait ça ?

— Pas encore avec une absolue certitude, monsieur, répondit Boris, mais on a une piste très sérieuse.

— Mais vous allez l'arrêter, hein ? reprit Bouchardon. Dites-moi que vous allez l'arrêter, ce salaud !

— Ce n'est plus qu'une question de jours, fit Corentin en le fixant droit dans les yeux. Il ne s'en tirera pas. Je vous en donne ma parole.

La froide détermination de Corentin produisit son effet sur le commerçant, qui hocha lentement la tête, convaincu.

— Seulement, pour ça, enchaîna Aimé Brichot, nous avons besoin de vous, tous les deux. Si nous sommes venus de Paris pour vous rencontrer, ce n'est pas seulement parce qu'il était de notre devoir de vous annoncer de vive voix cette horrible nouvelle. C'est aussi parce vous, et vous seuls jusqu'à nouvel ordre, pouvez nous aider à mettre la main sur l'assassin de votre fille.

Cette fois, Jacqueline et Roger Bouchardon hochèrent la tête en même temps. Leur visage ravagé par la douleur et les larmes avait soudain pris une expression concentrée, comme s'ils s'apprêtaient à passer un oral d'examen.

— Comptez sur nous, fit Roger Bouchardon. On fera tout ce qu'on pourra.

— Merci, dit Boris. Je voudrais d'abord que vous nous parliez un peu de votre fille. D'après ce que nous savons, elle était domiciliée chez vous...

Le père haussa les épaules d'un air accablé :

— Oui. Domiciliée... c'est le mot. Parce qu'elle n'habitait plus vraiment ici depuis presque deux ans. De temps en temps, elle passait nous voir. Quelque fois, elle dormait même à côté, là, dans sa chambre de petite fille...

En entendant ces mots, Jacqueline Bouchardon éclata de nouveau en sanglots déchirants. Son mari la serra contre lui en lui tapotant légèrement l'épaule pour la calmer.

— Vous aviez de bons rapports avec elle ? demanda Aimé Brichot.

— Oui, dans l'ensemble, fit Janine Bouchardon à travers ses larmes. Elle était gentille avec nous. On ne la voyait pas souvent, mais quand elle venait, elle nous apportait presque toujours des petits cadeaux.

— Et elle vous parlait de ses activités ? demanda Boris.

Roger Bouchardon fit une moue, accompagnée d'un soupir désabusé.

— Au début, elle nous racontait qu'elle était montée à Paris pour faire du cinéma. Elle nous disait qu'elle partageait le studio d'une copine et qu'elle passait des auditions. De temps en temps, elle était toute excitée par ce qu'elle avait soi-disant rencontré un metteur en scène qui la trouvait formidable et qui allait la faire tourner dans son prochain film. Mais évidemment, ça n'est jamais arrivé.

— Pourquoi, « évidemment » ? demanda Aimé. Après tout, elle était belle, peut-être douée... Ça vous paraissait impossible qu'elle réussisse ?

— Vous savez, dit le père en le regardant tristement, on n'est peut-être que des petits commerçants, mais on n'est pas naïfs à ce point-là. On sait bien que les filles qui rêvent de devenir star ou mannequins, y en a plein les rues. Et que quand elles se retrouvent, toutes gamines, lâchées dans cette jungle, elles ont surtout des chances de se faire sauter par des types sans scrupules, qui leur promettent monts et merveilles, uniquement pour les mettre dans leur lit.

Jacqueline Bouchardon regonfla machinalement sa permanente blonde du bout de ses ongles peints, puis, en baissant les yeux, elle posa la main sur l'avant-bras de son mari.

— Vas-y, fit-elle d'une voix presque murmurante. Dis-leur.

Roger Bouchardon baissa la tête à son tour.

Boris et Aimé se regardèrent. Visiblement, le couple Bouchardon partageait un secret à propos de Lorraine. Un secret si lourd et si douloureux qu'on aurait dit qu'ils avaient honte de le révéler.

— Allez-y, reprit doucement Boris. Ne nous cachez rien. C'est dans l'intérêt de notre enquête, vous le savez. Si vous savez quelque chose à propos de votre fille, même si c'est dur à sortir, il faut nous le dire. Faites-le pour elle.

Roger Bouchardon soupira longuement.

— Bien, dit-il... Il y a six mois environ, une copine

de Lorraine est venue nous rendre visite. À vrai dire, c'est surtout Lorraine qu'elle venait voir. Elle ne l'avait pas vue depuis deux ou trois jours et elle croyait qu'elle serait peut-être ici. Comme ce n'était pas le cas et que, nous aussi, ça faisait un bon moment qu'on ne l'avait pas vue, on s'est inquiétés.

— Oui, reprit Jacqueline Bouchardon. La fille, on lui a demandé son nom : elle s'appelait Virginie. Elle était petite, brune, mignonne mais toute pâle avec des valises sous les yeux, comme si elle n'avait pas dormi depuis un mois.

— Elle était droguée jusqu'aux yeux, oui, fit le père. Ça se voyait comme le nez au milieu de la figure. Évidemment, ça nous a inquiétés. Parce qu'on s'est dit que si Lorraine fréquentait cette fille, elle risquait d'y tomber elle aussi, dans la drogue. Alors, on a essayé d'en savoir plus...

— Oui, le coupa sa femme. Roger a un peu... secoué la Virginie en question. Oh, pas méchamment ! Il lui a juste fait sa grosse voix en exigeant qu'elle lui dise ce que Lorraine fabriquait de ses journées. Au lieu de répondre, la fille s'est mise à rigoler.

— De voir qu'en plus, elle se foutait de moi, poursuivit le mari ça m'a rendu furieux. Je lui ai retourné une paire de baffes. Du coup, elle m'a regardé d'un drôle d'air, d'un air carrément mauvais, si vous voyez ce que je veux dire, et... et elle m'a tout balancé.

Sa voix se cassa sur ces derniers mots et son menton retomba sur sa poitrine. Il se remit à sangloter :

— Lorraine... articula-t-il à travers ses larmes... Elle faisait la pute !

La tête baissée, il était secoué, à présent de gros sanglots d'enfant. Boris lui posa une main sur l'épaule :

— Pour ça aussi, ils vont payer, faites-moi confiance.

Aimé Brichot se racla la gorge pour attirer l'attention du couple :

— Et cette Virginie... Elle ne vous aurait pas dit, par hasard, dans quel quartier, ou pour qui « travaillait » Lorraine ?

— Non, fit Jacqueline Bouchardon en reniflant de plus belle. Si on avait su le nom du salaud qui avait mis notre petite fille sur le trottoir, vous pensez bien qu'on l'aurait donné à la police.

— Remarquez, fit le père, pour ce que ça aurait servi... Quand ils en attrapent un, c'est pour le relâcher dans les vingt-quatre heures... Excusez-moi.

— Y a pas de mal, dit Corentin. Mais vous avez tort de croire ça. Ça arrive, c'est vrai. Mais quand on a des preuves, des témoignages solides et un bon dossier, croyez-moi, ils descendent au trou pour longtemps.

— Celui-là, renifla Roger Bouchardon avec un regard soudain chargé de haine, j'aimerais bien qu'il descende dans le genre de trou dont on ne remonte jamais.

Boris et Aimé échangèrent un regard inquiet. Roger Bouchardon aurait-il l'idée de se faire justice lui-même ? Ce genre de choses, comme les d'auto-défense, c'était un des pires cauchemars de la police. À tous les coups, ça dégénérait en tragédies et en morts inutiles.

— Je dois vous avertir, monsieur, fit calmement Corentin, qu'il serait très imprudent de votre part de chercher à venger vous-même votre fille. Dieu sait que je comprends vos sentiments. Mais ce genre d'action individuelle est terriblement dangereuse pour tout le monde et parfaitement illégale, sachez-le. Si vous abattiez ce maquereau, c'est vous qui vous retrouveriez en prison. C'est peut-être injuste, mais c'est comme ça. Et puis, ce n'est pas ce que vous voulez, j'imagine ?...

Roger Bouchardon leva la tête vers Corentin avec un faible sourire :

— Rassurez-vous, monsieur le Commissaire...

— Commandant.

— ... Je n'ai pas l'intention de faire de conneries. Je serais incapable de tuer qui que ce soit. Même une ordure comme ce type. Et puis, de toute façon, ma femme et moi, comme on vous l'a dit, on ignore totalement qui c'est, comment il s'appelle et où on peut le trouver. Je ne me vois pas faire tous les bars louches de la Côte d'Azur en demandant après le souteneur de ma fille.

Il fixa Corentin un peu plus intensément :

— J'ai confiance en la police, monsieur. Et j'ai confiance en vous. Vous me donnez l'impression d'être un type solide. Le genre d'homme pour qui la parole donnée vaut quelque chose. Et vous m'avez donné votre parole que le maquereau de Lorraine paierait et que son assassin ne passerait pas au travers... Ça me suffit.

— Vous avez raison, fit Corentin en lui posant la main sur l'avant-bras. Si je vous dis que les dettes seront payées, elles le seront.

— Malheureusement, intervint Brichot, vous ignorez le nom du souteneur et vous ne savez pas davantage où on pourrait le trouver. C'est dommage, parce que, à travers lui, on aurait pu remonter jusqu'à l'assassin de votre fille.

— Et cette Virginie, reprit Boris, vous ne savez pas

non plus où on pourrait mettre la main dessus, j'imagine ?

Le couple fit « non », de la tête, avec un ensemble parfait.

— Attendez ! fit soudain Jaqueline Bouchardon. J'ai peut-être quelque chose...

— Nous vous écoutons, madame, dit Aimé.

— Eh bien, c'est assez vague, mais... voilà : une fois, il y a peut-être un an de ça, Lorraine est passée nous voir. Roger était chez un fournisseur et j'étais seule au magasin. Elle n'est restée que cinq minutes. Juste avant qu'elle parte, je l'ai suppliée de me donner un numéro de téléphone, une adresse, n'importe quoi. Enfin, un moyen par lequel je pourrais la joindre, éventuellement.

— Et elle vous l'a donné ? fit Corentin soudain rempli d'espoir

— Pas vraiment, dit Jacqueline Bouchardon. Mais elle m'a juste dit une chose...

Un instant retombé, l'espoir se ralluma dans les pupilles de Boris :

— Oui ?

— Mais je ne suis pas sûre d'avoir bien compris. Lorraine m'a dit : « Demande au barbouze »... Là-dessus, elle est partie. Et c'est tout.

Corentin et Brichot échangèrent un regard interloqué.

Roger Bouchardon, lui, regardait sa femme avec des yeux ronds.

— Pourquoi tu ne m'as jamais parlé de cette visite ? demanda-t-il.

— C'était pour ne pas te faire de peine, soupira la commerçante. Parce qu'elle était repartie sans t'attendre...

Bouchardon laissa retomber son menton sur sa poitrine. Une larme coulait dans son épaisse moustache brune.

— Et vous, monsieur, fit Boris, cette histoire de « barbouze », ça vous dit quelque chose ?

Le commerçant releva la tête et plongea son regard noyé dans celui de Corentin.

— Oui... Et je regrette d'autant plus que ma femme ne m'ait pas parlé de cette visite, à l'époque. Parce qu'on aurait pu retrouver Lorraine. Et peut-être qu'elle serait toujours en vie aujourd'hui...

En entendant ces mots, Jacqueline Bouchardon éclata en sanglots déchirants, comme si on lui avait percé le flanc.

— C'est de ma faute ! Hurla-t-elle. Ma petite fille est morte et c'est de ma faute !... Je ne me le pardonnerai jamais ! Je veux mourir !...

Son mari la prit aussitôt dans ses bras et la serra fort contre lui :

— Mais non, ma chérie, calme-toi, ce n'est pas ce que j'ai voulu dire. Ça n'aurait sûrement rien changé, de toute façon.

Mais le mal était fait. La maladresse de son mari avait plongé sa femme dans une véritable crise d'hystérie.

— Il faut appeler un médecin pour qu'il lui fasse une piqûre calmante, fit Corentin en criant presque pour couvrir les hurlements de Jacqueline Bouchardon.

— Je m'en occupe, dès que vous serez partis, fit Bouchardon.

— Nous partons, dit Corentin en se levant, imité par Brichot. Mais avant, il faut absolument que vous nous disiez ce que vous savez à propos de cette histoire de « barbouze ».

— C'est un bar, répondit Roger Bouchardon sans hésiter une seconde. Sur la route de Mougins. Du genre glauque. Ça s'écrit en deux mots : le *Bar Bouze*. Vous y trouverez sûrement cette Virginie. Bonne chance.

Il désigna sa femme du menton : elle était toujours dans le même état d'hystérie :

— Je ne vous raccompagne pas.

CHAPITRE X

Sous sa petite moustache blonde, Aimé Brichot laissa échapper un sifflement qui était tout sauf admiratif.

— Eh ben, mon vieux, dit-il, Dieu sait que des bars glauques, on en a fréquentés, toi et moi, mais celui-là doit sûrement faire partie du « Top Ten ». [1]

Les mains posées sur le volant de la Mégane de service, Boris Corentin se perdait, lui aussi, dans la contemplation du bouge que leur avait indiqué Roger Bouchardon.

Comme prévu, ils l'avaient déniché sur la route de Mougins, peu après la sortie de Cannes, dans un secteur qui n'était plus la ville elle-même, mais pas encore l'arrière-pays : une sorte de *no man's land* parsemé de hangars et de grandes surfaces, où des enseignes au néon brillaient dans la nuit, le tout traversé par une nationale où passaient en vrombissant des véhicules qui ne s'arrêtaient jamais. On aurait même dit que les rares voitures qui traversaient ce lieu sinistre accéléraient pour en être sorties plus vite.

1. Aimé Brichot fait allusion au classement des meilleures ventes musicales, dans certaines émissions de radio ou de télévision, où l'expression Top Ten a remplacé l'ancien (et ringard) Hit parade.

Certaines s'arrêtaient, bien sûr : celles des clients du *Bar Bouze*. Voitures et motos étaient rangées n'importe comment sur une espèce de zone à poubelles, contre le flanc bétonné de l'établissement.

Car l'établissement que quelqu'un avait finement nommé le *Bar Bouze* n'était rien d'autre qu'un cube de béton posé au bord de la nationale. Surmonté de son enseigne de néon vert qui clignotait dans la nuit comme une vieille prostituée faisant de l'œil à un improbable micheton, le *Bar Bouze* se composait de trois murs gris, avec une vitrine rendue si crasseuse, à l'extérieur, par les gaz d'échappement, à l'intérieur par les graisses de cuisine, qu'on voyait à peine à travers.

La clientèle aurait pourtant mérité le coup d'œil, pour autant que Boris et Aimé, assis dans la voiture, puissent en juger depuis leur poste d'observation : une bande de paumés de tous âges, mais plutôt jeunes dans l'ensemble, était agglutinée contre le bar. Des garçons en blouson de motard, le cheveu long et huileux, se serraient contre des filles aussi peu appétissantes que possible. Il y avait aussi des types sans âge, habillés de loques, le visage mangé par la barbe et les rougeurs d'origine diverses, probablement clochards ou SDF... Tout ce joli monde buvait et fumait, et la fumée des cigarettes, ajoutée au néon cru du plafond, leur faisait de vraies têtes de cadavres.

— On y va, Mémé ? demanda Boris avec un petit sourire.

— On est là pour ça, non ?

— Je suggère que tu retires ta cravate, ça fera plus décontracté. Moi, je suis en jean et en blouson, ça devrait aller. Il faut qu'on se fonde dans la masse, autant que possible. Si on décline nos qualités de flics, on ne tirera rien de personne. On risque même de se faire tabasser.

— Je voudrais bien voir ça ! s'indigna Aimé Brichot.

— Eh bien moi, pas tellement, dit Boris. On a mieux à faire que le coup de poing dans un débit de boissons, figure-toi.

Brichot se sépara à regret de la cravate de soie qu'il avait achetée chez Old England, la Mecque de cette fameuse fringue british dont il était fou. Les cravates étaient la seule chose qu'il avait les moyens de s'offrir chez Old England, malheureusement. Les costumes, à plus de huit mille francs, auraient représenté pas loin de la moitié de son salaire…

À peine entrés, Boris et Aimé furent assaillis par un violent remugle qui leur sauta aux narines. C'était un mélange de sueur, de tabac froid, de vomi et d'huile de cuisine qui n'avait pas dû être changée depuis longtemps.

Les clients qui n'étaient pas scotchés au bar étaient répartis autour d'une douzaine de petites tables couvertes de verres et de bouteilles de bière vides, et de cendriers qui débordaient. La plupart d'entre eux étaient avachis, le regard éteint, sans échanger un mot. Deux ou trois dormaient carrément, la tête dans les flaques de bière ou renversés en arrière sur leur chaise métallique.

Personne n'avait semblé prêter attention à Boris et Aimé quand ils étaient entrés. Le brouhaha des conversations n'avait pas baissé d'un décibel. D'un regard circulaire, ils cherchèrent à repérer, dans cette foule de zombies humains, une fille jeune, brune et plutôt mignonne qui aurait pu correspondre à la description que leur fait les époux Bouchardon de la fameuse Virginie.

Mais à première vue, aucune des filles présentes ne collait à son portrait parlé.

Corentin fit un signe de menton à Aimé pour qu'il le suive en direction du bar. Rien de tel, dans un cas pareil, que la bonne vieille méthode, illustrée par d'innombrables films noirs américains : « Vous cherchez quelqu'un ? Demandez au barman ».

S'étant frayé un passage jusqu'au zinc, ils découvrirent un homme d'une trentaine d'années, en « marcel » défraîchi, agrémenté sous les bras de vastes auréoles jaunes de transpiration. En bas, il portait un jean râpé et des santiags à pointes métalliques. Ses cheveux noirs étaient plaqués par la gomina sur un crâne qui se dégarnissait déjà. Il arborait des rouflaquettes à la Dick Rivers, et chacun de ses doigts – pouces compris – s'ornait d'une grosse bague américaine en forme de tête de mort, de tête d'indien ou d'une grosse turquoise.

— Ouais ? fit-il quand les visages de Corentin et Brichot s'encadrèrent dans son champ de vision. Je vous sers quoi ?

Aucun des deux hommes n'avaient envie de se désaltérer dans cet abreuvoir douteux. Mais ils commandèrent deux pressions, histoire de mettre le barman dans de bonnes dispositions à leur égard.

— On cherche une copine à nous, cria Corentin pour dominer le tumulte, une fois qu'ils furent servis. Virginie, vous la connaissez ?

Le barman eut un sourire torve :

— Virginie ? Elle doit encore être aux chiottes, en train de se shooter, comme d'hab'.

Corentin se força à sourire. Pour ne pas éveiller les soupçons en ayant l'air trop pressé, Aimé et lui restèrent encore quelques minutes au bar, avant de se diriger discrètement vers les toilettes, dans le fond de la salle.

Elles étaient unisexe. Une rangée de lavabos sales d'un côté avec des miroirs ébréchés, une rangée de toilettes fermées de l'autre. La plupart des serrures étaient arrachées, remplacées par des trous. Il y avait des trous aussi dans les parois de séparation, comme Boris et Aimé purent le constater en ouvrant la première cabine. Les murs en contreplaqué jauni étaient couverts de graffitis et de dessins obscènes.

À part ça, personne en vue.

Boris ouvrit toutes les cabines les unes après les autres. En poussant la dernière porte, il eut un choc.

Recroquevillée par terre, coincée entre la cuvette malodorante et le mur en béton du fond de la pièce, il y avait une fille en tenue de motard : blouson et pantalon de cuir renforcé aux coudes et aux genoux, qui sanglotait toute seule, le visage enfoui dans ses bras croisés.

Corentin s'agenouilla devant elle et elle releva la tête.

C'était elle, la fameuse Virginie, Boris aurait pu en jurer.

Il l'appela à voix très douce :

— Virginie ?

La fille fit lentement « oui », de le tête, sans cesser de pleurer.

Malgré son teint cadavérique et les cernes violets qu'elle avait sous les yeux, elle était encore jolie. Et son corps gracile aux petits seins ronds, qu'on devinait à travers le tee-shirt qu'elle portait sous son blouson ouvert, n'était pas encore trop abimé par les mauvais traitements qu'elle lui avait fait subir.

— Qu'est-ce qu'il y a, Virginie ? reprit Boris. Je peux faire quelque chose pour toi ?

La fille trouva la force de sourire. Mais c'était plutôt une grimace :

— Ouais, tu peux, si tu as une dose à me filer. Cette enflure de Marc ne veut plus, sous prétexte que j'ai plus de ronds.

Une « dose », d'héroïne ou de cocaïne, c'était bien la dernière chose que Boris Corentin aurait pu – ou aurait voulu – lui donner. Il la prit doucement par les épaules et la força à se lever.

— Écoute-moi, Virginie. Mon copain et moi, on pourra peut-être te donner ce qui te manque tellement. Mais à condition que tu nous aide.

Il s'en voulut de ce mensonge, mais après tout... si vraiment il n'y avait pas moyen de faire autrement, Boris pouvait toujours demander à ses collègues des Stups de lui faire cadeau d'un petit échantillon de leur dernière prise...

— Tu te souviens de ta copine Lorraine ? dit-il en la fixant droit dans les yeux.

Virgine hocha la tête encore une fois.

— Eh bien elle est morte, ta copine.

Les yeux de la fille s'agrandirent. Sous le choc de la nouvelle, elle en oublia presque son état de manque, pendant quelques instants.

— Quoi ? Morte ? Mais vous... vous êtes dingues !

— Pas du tout, reprit Boris d'un ton plus ferme. Elle a été assassinée. Assassinée par une ordure qui s'est servi d'elle avant de balancer son cadavre aux oubliettes. Et mon copain et moi, on veut le retrouver, ce salaud. Lui faire payer ce qu'il a fait. Tu comprends ?

— Oui, fit Virginie en se calmant un peu. Mais je ne sais rien, moi. Qu'est-ce que vous voulez que je vous dise ?

— Le nom du mac pour qui elle travaillait.

— C'est lui qui ?...

— Non. Après tout, elle lui rapportait du fric : il n'avait pas intérêt à la tuer. Mais par lui, on remontera jusqu'à son assassin.

Virginie se recroquevilla à nouveau entre les mains de Boris qui la tenait toujours solidement. Elle secoua énergiquement la tête :

— Je ne peux pas. C'est impossible. Il me tuerait.

Boris s'attendait vaguement à une réaction de ce genre. Visiblement, avec une fille comme elle, torturée à la fois par la peur et par le manque, la douceur ne paierait pas. Il décida d'oublier ses scrupules et de frapper un grand coup.

Il sortit sa carte plastifiée et la lui mit sous le nez :

— Tu vois, ça ? Ça veut dire qu'on est des flics, mon collègue et moi. On peut te coller en cellule n'importe quand. Et là, pour te procurer ta dose, tu peux faire une croix. Le manque risque de te faire crever. Alors tu vois : tu n'as pas grand-chose à perdre.

Virgine se remit à sangloter. Elle baissa la tête en murmurant :

— Bande de salauds… Vous êtes tous des salauds…

Boris et Aimé échangèrent un regard pas très fier. Ils étaient en effet obligés, parfois, de se conduire comme des salauds. Mais la fin, comme on dit, justifiait les moyens.

— Écoute, reprit Boris. Si tu nous aides, non seulement on pourra coincer l'assassin de Lorraine, mais en plus, on pourra faire tomber son mac. Et pour longtemps, je te le garantis. D'ici qu'il sorte de taule, tu auras eu largement le temps de disparaître. En plus, avec mes relations, je pourrais peut-être t'avoir un peu de ce qui te manque tellement. À condition que tu sois très coopérative.

— Et très gentille avec vous, c'est ça ? ajouta Virgine en plantant son regard dans celui de Boris. Vous voulez me sauter pour le même prix, je me trompe ?

— Complètement. C'est pas notre genre d'abuser d'une fille. On est là pour des raisons strictement professionnelles.

Boris eut alors la surprise de voir un pâle sourire éclairer le visage de Virginie. Et de l'entendre lui susurrer :

— Dommage... Parce que moi, j'aimerais bien qu'un type comme toi abuse de moi. T'as l'air d'un mec bien. Ça me changerait des autres.

Elle ajouta avec un mouvement de menton en direction d'Aimé Brichot :

— Ton copain aussi, je veux bien me le faire, pour qu'il n'y ait pas de jaloux, même s'il me plaît moins que toi.

Aimé Brichot devint écarlate. Et Boris éclata de rire :

— Ça ne sera pas la peine. Lui, c'est un mari fidèle.

— Pas toi ?

— Moi, je ne suis pas marié.

Virginie hésita encore un peu en détaillant Boris avec de moins en moins d'appréhension et de plus en plus d'envie.

— Je te fais une propose, dit-elle enfin : tu me fais l'amour, mais vraiment bien, hein ! pas comme tous ces mecs qui me tirent dans les poubelles... Et je te dis tout ce que je sais : le nom du mac et où tu pourras le trouver. C'est honnête comme deal, non ?

Boris jeta par dessus son épaule un coup d'œil à Aimé.

Qui, effondré, avait préféré regarder ailleurs.

— Mais tu me sors de ce rade pourri et on va chez toi, ou dans un bon hôtel, d'accord ? ajouta Virginie.

Boris se força à lui adresser son plus beau sourire. En étant parfaitement sincère avec lui-même, il devait bien reconnaître qu'il n'avait pas vraiment envie de cette fille. Elle était plutôt mignonne et bien roulée, d'accord. Mais son côté un peu malsain, pas très propre, droguée, en plus... Tout ça était à mille lieues des créatures saines et pulpeuses auxquelles, d'habitude, il ne résistait pas.

Mais il y avait des moments, dans la vie, où il fallait savoir se faire une douce violence.

Et puis, cette fille, sous ses airs de chaton fraîchement tiré de la rivière, était peut-être le coup du siècle. Dans ce domaine, Boris le savait mieux que personne, il fallait s'attendre à toutes les surprises.

Il la prit par les épaules et, suivi de près par Aimé Brichot, l'entraîna dehors et la conduisit jusqu'à la Mégane. Ils démarrèrent et Virginie se coucha aussitôt sur la banquette arrière, où elle s'endormit.

L'hôtel où Boris et Aimé étaient descendus n'était qu'à une petite demi-heure de route, surtout à cette heure là. Il était situé au bout de la Croisette, à l'autre extrémité, par rapport au palais des Festivals. L'établissement était « modeste mais convenable », selon la formule traditionnelle des guides. Et il avait une jolie vue sur la mer.

Aimé Brichot se retourna pour s'assurer que Virgine dormait à poings fermés, avant de lâcher avec un sourire en coin :

— Dis donc... heureusement qu'on a pris deux chambres ! Comme ça, tu vas pouvoir « travailler » tranquille. Je compte sur toi pour que mademoiselle grimpe aux rideaux. La suite de l'enquête est entre tes mains. Et quand je dis tes mains...

— Dis donc, Mémé, le coupa Boris, tu ne vas pas devenir graveleux ?

Il soupira en allumant une cigarette :

— Enfin... Ce qu'il ne faut pas faire pour le service de l'État !

CHAPITRE XI

On se serait cru dans un film de Fellini.

Des matrones dotées de poitrines énormes arpentaient le bitume sur des talons aiguilles interminables, leurs minijupes en cuir rouge ou doré remontées jusqu'au-dessus du bas-ventre pour laisser admirer des toisons luxuriantes. Et de toutes les couleur de l'arc-en-ciel ! Il y en avait des jaunes, des rouges, des bleues... Dans la lumière des phares de leur voiture, Boris et Aimé en aperçurent même une tricololore.

— Ça, ça doit être à l'usage des militaires ou des patriotes, plaisanta Aimé Brichot.

Le spectacle avait quelque chose d'irréel. Les filles qui tapinaient ici, juste à la sortie de Nice, étaient innombrables. Un véritable happening ! Le Woodstock de la fesse tarifée !

Il y en avait des Blanches, des Noires, des Asiatiques, des jeunes, des moins jeunes... et des beaucoup moins jeunes, qui arboraient des maquillages épais et craquelés avec des couches de rouge à lèvres écarlates, s'ouvrant sur des sourires pathétiques.

Les grands-mères de l'amour...

Il y avait aussi le coin des travelos, siliconés à mort, arborant des seins de rêve, des jambes interminables sur leurs talons aiguilles et des visages refaits à la perfection. Avec leurs pommettes saillantes, leurs yeux en amande, leur petit nez parfaitement proportionné et leur bouche immense, charnue et hautement suggestive, ils – ou elles – étaient souvent plus beaux et plus attirants que beaucoup de leurs « collègues » féminines.

Mais la petite culotte qu'ils portaient inévitablement avec leur bas résilles et leur porte-jarretelles risquait de freiner l'enthousiasme d'un client cent pour cent hétéro. Car son renflement, souvent volumineux, ne laissait planer aucun doute sur ce qu'il y avait à l'intérieur.

— Il en faut pour tous les goûts, Mémé, qu'est-ce que tu veux, répondit Boris en voyant la moue de son partenaire.

Celui-ci regarda sa montre :

— Une heure du matin. D'après ce que nous a dit ta petite camarade de la nuit dernière, c'est à cette heure-ci que Dédé relève ses compteurs.

La nuit précédente, Boris avait comblé les attentes de Virginie, en lui offrant une démonstration éclatante de son savoir-faire amoureux. Conscient qu'il ne la reverrait sans doute jamais et que – en toute modestie – cette nuit passée avec lui serait sans doute l'un des rares moments de bonheur de sa triste existence, il s'était surpassé.

Résultat des courses : le matin même, tout en avalant voracement un petit déjeuner gracieusement offert par le contribuable français, Virginie s'était mise à table, dans tous les sens du terme.

Le mac pour qui Lorraine Bouchardon avait travaillé s'appelait André Masbouh. Mais dans le milieu, parce qu'il était natif de Toulon, il était connu sous le sobriquet de Dédé le Moko. [1]

Au S.R.P.J. de Nice aussi, il était connu. Comme le loup blanc.

Car André Masbouh, alias « Dédé le Moko », était depuis des années l'un des principaux indicateurs du commissaire Bertrand, attaché au S.R.P.J. de Nice. Celui-ci n'avait fait aucune difficulté pour communiquer à Boris et Aimé un double du dossier Masbouh, quand les deux policiers parisiens étaient passés le voir, le matin même. [2]

À la lueur du plafonnier de la voiture, Aimé Brichot feuilletait une nouvelle fois, histoire de tromper son impatience, l'épais dossier posé sur ses genoux.

À chaque page, il hochait la tête avec une moue admirative, ou laissait échapper un petit sifflement sous sa moustache, quand les « exploits » passés du dénommé Masbouh méritaient unc considération particulière.

— Dis donc, fit-il, c'est un cas, cet André Masbouh. Un infatigable ! Écoute ça : attaque à main armée, vol avec effraction, faux et usage de faux, recel de matériel

---

1. Dans le langage argotique du sud de la France, c'est en effet par ce terme de Moko qu'on désigne les Toulonnais. Le fameux Pépé le Moko, immortalisé par Jean Gabin, aurait donc pu s'appeler Pépé le Toulonnais.

2. Il va sans dire (mais encore mieux en le disant) que nos héros ont pris soin, avant de quitter Paris, de demander un ordre de mission à Charlie Badolini, une avance sur fonds au caissier de la PJ, et surtout une commission rogatoire (CR) à l'un des juges d'Instruction du palais de Justice. Ladite commission rogatoire leur assurera la collaboration la plus totale de la part des policiers locaux, pour le cas où ceux-ci, vexés de voir des flics parisiens venir marcher sur leurs plates-bandes, se feraient tirer l'oreille...

militaire volé, vols de voitures, vols de motos, escroquerie à l'assurance, racket et, bien sûr, proxénétisme. Il a même été impliqué dans deux affaires de meurtres, mais a été relaxé faute de preuve.

— Eh oui, Mémé, fit Boris : « Un palmarès de légende ! Des références inattaquables ! » comme dirait Audiard.

— Il a passé la moitié de sa vie en prison, poursuivit Brichot. Mais pour qu'il n'y soit pas retourné, les informations qu'il fournit à notre estimé collègue le commissaire Bertrand doivent être drôlement précieuses. Et même inestimables...

— Ça, tu peux le dire, Mémé, fit Boris en hochant la tête. D'après Bertrand, Dédé le Moko a plus ou moins directement permis de faire tomber une bonne partie de la pègre marseillaise de ces dix dernières années.

— Et il est encore en vie ? s'étonna Aimé.

— J'avoue que ça peut paraître surprenant, admis Corentin. Mais c'est grâce à deux choses, apparemment : sa prudence et sa discrétion légendaires... et celle du commissaire Bertrand. Il n'a jamais grillé la couverture de Dédé. Même ses supérieurs ne connaissent pas l'identité de son précieux indicateur.

Aimé Brichot regarda sa flèche d'un œil soupçonneux :

— Je m'étonne qu'il nous l'ait révélée si facilement. Puisque, grâce à ton amie Virginie, nous connaissions le nom de Dédé le Moko, Bertrand n'avait qu'à nous transmettre son dossier sans autre commentaire...

Corentin le fixa d'un regard malicieux :

— Il m'a fait cadeau de cette info pour que nous

ayons un moyen de pression supplémentaire sur Dédé, au cas ou celui-ci se montrerait insuffisamment coopératif.

— C'est gentil, mais je ne comprends toujours pas pourquoi il a fait ça : Dédé va lui en vouloir et Bertrand va avoir du mal à le « récupérer »...

Un imperceptible sourire passa sur les lèvres de Corentin :

— Sans vouloir te vexer, Mémé, il l'a surtout fait pour moi. Bertrand a été impliqué dans une affaire délicate, il y a quelques années. Deux ou trois flics ripoux sont tombés pour corruption et les bœufs-carottes [1] avaient Bertrand dans leur collimateur. Pour tout un tas de raisons, je savais qu'il était innocent et mon témoignage a permis de le prouver.

— Bref, fit Brichot, il n'a plus rien a te refuser... Je comprends mieux pourquoi il t'a donné aussi facilement ces informations ultra-confidentielles sur Dédé le Moko.

— Oui, mais je lui ai juré qu'on n'en soufflerait mot à personne. Si jamais le milieu marseillais apprend que Dédé a parlé aux flics, il est mort. Et Bertrand aura perdu son indic.

— Tu peux compter sur moi, gloussa Brichot... pour préserver l'indicateur Bertrand. [2]

— C'est malin ! fit Corentin en haussant les épaules. En tout cas, pas question de lui tomber dessus ici,

1. L'IGS : Inspection Générale des Services. La police des polices, en quelque sorte.

2. L'Indicateur Bertrand est la plus ancienne référence française en matière de petites annonces immobilières. Le Guide Michelin du logement, en quelque sorte. Ils ont d'ailleurs le même âge, puisque l'un et l'autre ont vu le jour en 1900.

devant tout le monde. On attend qu'il relève ses compteurs et on le file jusqu'à un endroit discret où on pourra causer tranquillement. OK ?

— Affirmatif, chef, plaisanta Brichot.

À cet instant précis, une énorme Cadillac Sedan de Ville les frôla en silence, comme un gros squale, et alla se ranger devant un groupe de filles, quelques mètres plus loin. L'homme d'une quarantaine d'années qui en descendit portait un costume blanc, sur une chemise ouverte jusqu'au nombril. Il était plutôt beau gosse, mais avec quelque chose de mou et de veule dans les traits du visage. Il était bronzé comme s'il revenait d'un séjour aux Antilles. Ce que le costume blanc était probablement censé mettre en valeur.

À peine Dédé le Moko eut-il posé un pied par terre que les filles s'agglutinèrent autour de lui, comme des groupies autour d'une rock-star. L'une après l'autre, elles le suivirent à l'écart de la route, dans une zone d'ombre, pour lui remettre aussi discrètement que possible leur recette du jour. [1] Que Dédé empocha le plus naturellement du monde, sans un mot de remerciement, comme un travailleur recevant un salaire durement gagné.

Puis il tapota la joue ou les fesses des unes, embrassa à pleine bouche les autres, échangea quelques mots avec certaines... Des mots parfois durs, à en juger par la mine contrite des intéressées : des filles qui, selon toute probabilité, n'avaient pas dû réaliser un chiffre d'affaires suffisant.

Enfin, Dédé le Moko remonta dans sa Cadillac et reprit la route du centre-ville.

---

1. La « comptée » dans le langage de la prostitution.

Suivi, à distance raisonnable, par la Mégane de Boris et Aimé.

La Cadillac finit par se garer dans une petite rue déserte du vieux Nice. Dédé le Moko en descendit et se dirigea vers la porte d'un immeuble.

— C'est son adresse personnelle, d'après son dossier, murmura Corentin. Tant mieux : on pourra bavarder tranquilles.

Au moment où le proxénète mettait la clé dans sa serrure, une main s'abattit sur son épaule. Il se retourna d'un bond, une expression de panique et de fureur mêlées sur le visage... pour se retrouver nez à nez avec le canon luisant d'un RMR Spécial Police. Derrière lequel le commandant de police Boris Coretin lui souriait de toutes ses dents.

— Alors, Dédé, on va se coucher ?

— Il l'a bien mérité, fit Brichot. Après une aussi dure journée de travail...

— Dure, mais lucrative, renchérit Boris en palpant les poches du mac pour en sortir une liasse de billets de l'épaisseur d'un annuaire téléphonique.

— Qu'est-ce que... qu'est-ce que vous voulez ? demanda Masbouh d'une voix apeurée. Vous travaillez pour qui ? L'Auvergnat ou la Scoumoune ? Je vous préviens que si vous me braquez, il va y avoir du suif. On a des accords.

— Tu nous prends pour des voyous, ma parole ! fit semblant de s'indigner Corentin. Nous, on travaille pour la France.

Comme il avait les mains prises, ce fut Aimé Brichot qui montra sa carte au souteneur.

— J'aime mieux ça, soupira celui-ci. Vous voulez causer, je suppose ?

— Exactement, fit Boris.

— Alors on monte. J'ai pas envie qu'on me voie avec vous.

Une minute plus tard, ils étaient installés tous les trois dans le petit salon de l'appartement d'André Masbouh. Le mobilier était bon marché mais convenable, le ménage fait, et les murs vert pomme décorés de posters de voitures américaines.

— Nous sommes des amis de ton ami le commissaire Bertrand, dit aimablement Corentin.

— Quoi ? s'étouffa le mac. Il m'a balancé ? Mais il est dingue ! Il veut ma peau, ou quoi ?

— Calme-toi, Dédé, fit Boris. Tu as ma parole qu'on sera muets comme des carpes et que cette conversation restera entre nous. Si tu nous aides gentiment, bien sûr. Tiens, pour te prouver qu'on est bien disposés à ton égard, on te rend l'argent que tu as si durement gagné.

Joignant le geste à la parole, Corentin posa sur la table basse la liasse de billets. Dont Masbouh s'empara précipitamment et qu'il renfourna dans la poche intérieure de sa veste blanche.

— Qu'est-ce que vous voulez ? soupira-t-il d'un ton résigné.

— Lorraine Bouchardon, ça te dit quelque chose ? attaqua Corentin.

— Oui, fit le mac après avoir hésité quelques instants.

— D'après nos informations, enchaîna Aimé, elle a travaillé pour toi.

Masbouh hocha la tête :

— Oui, mais c'est plus le cas. Elle n'est plus dans le circuit.

— Elle n'est plus dans aucun circuit, fit durement Corentin : elle est morte.

Le souteneur ouvrit des yeux ronds :

— Quoi ? première nouvelle ! Qu'est-ce qui lui est arrivé ?

— Elle a été assassinée par un type qui lui a fait faire du cinéma d'un genre un peu spécial, dit Boris.

— Comprends pas...

— Ça ne fait rien. Nous, tout ce qui nous intéresse, c'est de savoir entre les mains de qui elle est tombée après avoir travaillé pour toi.

— Mais j'en sais rien, moi ! s'indigna Dédé le Moko. Elle a fait ce qu'elle a voulu. C'était une grande fille, elle était libre.

Corentin frappa du poing sur la table basse, faisant sauter en l'ai un cendrier réclame pour une célèbre marque d'anisette.

— Ne te fous pas de ma gueule, Dédé ! Tu sais parfaitement que les filles qui travaillent pour toi et les autres macs dans ton genre sont tout sauf libres de faire ou d'aller où elles veulent ! Si elle ne travaille plus pour toi, c'est que tu l'as refilée ou vendue à quelqu'un. Et on veut savoir à qui !

— Je te rappelle que Lorraine Bouchardon est morte, intervint Aimé Brichot. Tu ne l'as pas tuée, on le sait, mais tu l'as refilée à quelqu'un qui l'a tuée. Donc, tu es indirectement responsable de sa mort.

— En clair, fit Boris, ça s'appelle complicité d'homicide. Avec le casier que tu as déjà, si tu plonges, tu n'es pas prêt de remonter, c'est moi qui te le dis.

Dédé le Moko se cura nerveusement l'intérieur de l'oreille avec l'ongle de son auriculaire gauche. Ongle qu'il avait beaucoup plus long que les autres, selon une vieille habitude typiquement toulonnaise. [1]

— Écoutez, fit-il, j'ai peut-être un casier chargé, mais j'ai des accords avec le commissaire Bertrand, vous le savez. Je le renseigne de temps en temps. En échange, on me fout la paix.

Corentin hocha la tête :

— Nous sommes au courant, en effet. Nous savons même à quel point tes renseignements ont été précieux à notre collègue, dans le passé. Mais un indic qui est mêlé à une histoire de meurtre devient inutilisable parce que trop voyant. Et un indic qui ne peut plus servir, on le jette pour le remplacer par un autre.

— Et puis, ajouta perfidement Aimé Brichot, une fois au trou, quand tes petits camarades de cellule apprendront ton passé d'indic... je ne donne pas cher de ta peau.

Masbouh s'était mis à transpirer à grosses gouttes.

— Vous êtes vraiment des enfoirés ! lâcha-t-il comme une espèce de baroud d'honneur, ayant déjà compris qu'il n'avait plus d'autre choix que de coopérer.

— Alors, fit Boris, ça vient, ce renseignement ? Lorraine Bouchardon, tu l'as revendue à qui ?

— Aux Russes, soupira Masbouh.

Boris et Aimé échangèrent un regard inquiet. La mafia russe, *l'Organisatzia*, qui régnait sur la prostitution et le racket d'une bonne partie de la Côte d'Azur, ils connaissaient, bien sûr. Mais ça ne cadrait pas vraiment avec les théories qu'ils avaient en tête.

---

1. Authentique.

Ni, surtout, avec Alain Lévêque, le réalisateur.

Parce que Boris Corentin continuait d'être persuadé qu'ils devaient remonter jusqu'à lui.

D'une manière ou d'une autre.

— Aux Russes ? répéta Boris. Mais à qui, en particulier ?

Le souteneur secoua la tête, de nouveau paniqué.

— Ça, je ne peux pas vous le dire. Comprenez-moi : c'est trop dangereux. Ils auront ma peau...

Corentin plongea littéralement par-dessus la table basse et empoigna le mac par le revers de sa veste blanche.

Qui se froissa comme du papier.

— C'est moi qui aurais ta peau, si tu ne me dis pas le nom de ce russe ! hurla-t-il.

— Vladimir ! lâcha Masbouh, affolé.

— Vladimir comment ? cria Boris sans le lâcher.

— Je... je ne sais pas, je vous jure. je ne connais que son prénom : Vladimir. Mais on l'appelle aussi l'Albinos. Parce qu'il est...

— Albinos, compléta Boris. J'avais compris.

Il se décida enfin à lâcher le Moko et se rassit.

— Et où est-ce qu'on peut le trouver, ton Vladimir, l'Albinos ? demanda-t-il d'une voix plus calme.

Contre toute attente, André Masbouh sembla alors reprendre du poil de la bête. Un petit sourire torve lui tordit la bouche :

— Voyons, commissaire... Votre ami Bertrand vous a sûrement dit quelle boîte les flics laissent ouverte, bien qu'elle ne soit pas tout à fait en règle... juste à la sortie de Nice. La boîte où tous les truands de la région se retrouvent pratiquement toutes les nuits...

— Il a dû oublier ce détail dans notre dernière

conversation, fit Corentin. Mais tu vas me rafraîchir la mémoire... et vite !

— Le *Smashing*, lâcha dans un souffle Dédé le Moko, qui n'avait plus rien à perdre.

Quand les deux policiers se levèrent et se dirigèrent vers la porte, André Masbouh rattrapa Boris par le bras :

— Dites... N'oubliez pas ce que vous m'avez promis, surtout ! On ne se connaît pas ! Autrement, je suis mort !

— Rassure-toi, fit Corentin en souriant de l'expression paniquée du souteneur. On ne s'est jamais vus et cette conversation n'a jamais eu lieu.

CHAPITRE XII

Vu de l'extérieur, le *Smashing* rappelait un peu le *Bar Bouze*, en beaucoup plus grand : c'était encore un bloc de béton, enturbanné de néons clignotants et presque de la taille d'un terrain de foot, coincé entre un hypermarché et une grande surface consacrée à l'ameublement. À l'avant du bâtiment, le parking était plein à craquer. Mais les motos et les voitures garées ici étaient beaucoup plus rutilantes que celles des clients du *Bar Bouze*.

Dès qu'ils eurent franchi – sans problème grâce à leurs cartes professionnelles – le double barrage des videurs et de la caisse, Boris et Aimé constatèrent que, vu de l'intérieur, le *Smashing* n'avait rien de commun avec le bar glauque où ils avaient retrouvé la fameuse Virginie.

D'abord, l'endroit était immense, avec des recoins de banquettes et de fauteuils en velours rouge, qui formaient une multitude de petits salons privés, entre lesquels, des allées pemettaient la circulation des barmaids. Celles-ci avaient la particularité d'être *topless*. C'est-à-dire qu'en dehors d'un jean, d'une paire de baskets et de leur plateau de service, elles ne portaient rien et travaillaient seins nus.

Au fond, derrière l'immense piste de danse où une foule plutôt jeune s'agitait, balayée par des projecteurs lasers multicolores, deux filles sculpturales, en string et soutien-gorge, dansaient lascivement sur une scène ronde. Tout en dansant, elles s'agrippaient à une barre chromée verticale contre laquelle elles se frottaient l'entrejambe, ou qu'elles léchaient d'une manière hautement suggestive, comme s'il se fut agi d'un énorme membre masculin en pleine érection.

Les hommes attablés au plus près de la scène suivaient chacun de leur mouvements, les yeux écarquillés et la bouche ouverte. Certains, même, se caressaient plus ou moins discrètement à travers leur pantalon.

Quand l'une ou l'autre des filles se mettait à quatre pattes et s'approchait du bord de la scène, les hommes glissaient des billets de deux ou cinq cents francs dans leur string ou dans l'échancrure béante de leur soutien-gorge. Pour les remercier, elles avançaient la main et leur caressaient rapidement l'entrejambe en passant lascivement la langue sur leurs lèvres.

Puis, les filles entamaient un stip-tease au rythme de la musique et finissaient très vite entièrement nues. Elles prenaient ensuite des poses – sur le dos, jambes grandes ouvertes, ou à quatre pattes au bord de la scène, croupe cambrée, dos à la salle – qui permettaient aux spectateurs des premiers rangs de savourer les moindres détails de leur anatomie la plus intime.

Les filles se lançaient enfin dans un numéro lesbien criant de vérité et terminaient tête-bêche, la bouche enfouie au plus secret du ventre de l'autre, poussant des gémissements de plaisir qui montaient progressivement en volume jusqu'à atteindre les cris de l'orgasme.

Enfin, elles ramassaient précipitamment leurs affaires et disparaissaient derrière le rideau du fond de la scène, après un dernier clin d'œil salace aux spectateurs mâles.

Immédiatement après, deux autres filles – tout aussi sculpturales – entraient en scène, et le numéro reprenait depuis le début.

— Tu vois, Mémé, rigola Corentin en criant pour couvrir le bruit de la musique techno assourdissante, je ne pense pas que tu devrais sortir Jeannette dans un endroit pareil. Je ne suis pas sûr qu'elle serait sensible aux charmes du spectacle.

— Ah bon ? cria Aimé avec un sourire en coin, c'est drôle : je pensais justement l'amener ici pour notre prochain anniversaire de mariage...

— Bon, sérieusement, reprit Boris, tâchons de mettre la main sur ce Vladimir. Si la description que Dédé le Moko nous en a faite est exacte, il ne devrait pas être trop difficile à repérer !

Effectivement, malgré la foule et l'immensité du lieu, ils ne mirent pas plus de cinq minutes à repérer, au milieu d'une tablée d'hommes jeunes en costumes de marques et de filles roulées comme des déesses en robes provocantes, un homme qui se détachait nettement du lot.

Il avait la peau d'une blancheur de lait et des cheveux totalement blancs, bien qu'à première vue, il ait à peine dépassé la trentaine. Ses yeux étaient cachés par des lunettes noires à montures de métal. Mais Boris aurait pu jurer que derrière ces lunettes se dissimulaient une paire d'yeux rouges vifs.

Corentin et Brichot se désignèrent mutuellement du menton l'homme qu'ils venaient de repérer ensemble.

— Qu'est-ce qu'on fait, demanda Aimé, on attaque de front ? Avec toute la bande qui l'entoure, c'est peut-être un peu risqué, tu ne crois pas ?

— Je suis de ton avis, lui cria Boris à l'oreille, toujours à cause de la musique – si on pouvait appeler comme ça le martèlement infernal accompagné de stridences répétitives, qui aurait eu de quoi faire parler le criminel le plus endurci, pour peu qu'on le soumette à ce traitement plusieurs jours d'affilée.

Ils décidèrent de profiter d'une banquette libre pour s'y installer et guetter leur proie à distance, en attendant l'occasion propice.

Celle, en l'occurrence, où le fameux Vladimir se déciderait à rendre une petite visite aux toilettes de l'établissement.

Il se passa une bonne demi-heure avant qu'il ne se décide.

Lorsqu'enfin, Corentin et Brichot le virent se lever et quitter sa table, ils bondirent de leur siège et lui emboîtèrent le pas.

Par chance, les toilettes des hommes étaient vides quand Boris et Aimé y pénétrèrent, sur les talons de Vladimir.

— Poste-toi devant l'entrée, dit Boris à Aimé. Et assure-toi qu'on ne nous dérange pas.

— Tu penses pouvoir te débrouiller seul ? souffla Brichot, vaguement inquiet.

Boris lui adressa un sourire carnassier :

— N'aie pas peur pour moi, Mémé. Si j'ai un problème, je t'appelle.

Brichot à peine sorti, Corentin décida d'attaquer tout de suite par la manière forte. Il savait par expérience que les membres de l'*Organisatzia* étaient des fauves, violents et sanguinaires, et qu'avec eux, il valait mieux se dispenser des préambules oratoires.

On risquait de se retrouver transformé en cadavre avant d'avoir eu le temps d'entrer dans le vif du sujet.

Boris attendit néanmoins que Vladimir, posté devant un urinoir, ait fini de se soulager.

Quand le Russe se retourna, il se retrouva – comme Dédé le Moko une heure plus tôt – face à la gueule menaçante de l'arme de service que Boris tenait d'une main ferme.

Mais ce fut Corentin qui eut un choc : Vladimir ne broncha pas, n'eut même pas un sursaut de surprise ou une expression d'inquiétude.

Il resta immobile, parfaitement maître de lui-même, en fixant son « agresseur » à travers ses lunettes noires.

— C'est à quel sujet ? lâcha-t-il enfin d'une voix métallique et glaciale qui évoquait plutôt celle d'un robot que d'un être humain.

— Au sujet d'une fille nommée Lorraine Bouchardon, fit Corentin sans se laisser démonter. Un petit mac surnommé Dédé le Moko vous l'a vendue, je crois ?

— En effet.

La voix métallique avait lâché cet aveu sans la moindre hésitation. Comme si le Russe avait répondu à la plus banale des demandes de renseignement.

— Et vous, poursuivit Boris, qu'est-ce que vous en avez fait ?

Pour la première fois, une expression apparut sur le visage blanc de Vladimir. Un léger sourire, qui ne releva qu'un côté de sa bouche. Un sourire chargé de toute la morgue dont un homme pouvait être capable, en face d'un autre.

— Je l'ai revendue à mon tour, fit-il en roulant les « r ». Une marchandise, c'est fait pour ça, non ?

— Je vous remercie de votre franchise, ironisa Boris, Monsieur... Monsieur ?

— Vladimir Souvarof. À qui ai-je l'honneur ?...

Sans lâcher son arme, Corentin sortit sa carte :

— Commandant Boris Corentin, Brigade Mondaine.

L'autre eut un petit rire métallique :

— Brigade Mondaine ? Mais je ne suis ni souteneur, ni pédophile ! Qu'est-ce que vous me voulez commandant Corentin ? demanda-t-il en appuyant sur les derniers mots avec une procovation évidente.

— Un simple renseignement, monsieur Souvarof. Lorraine Bouchardon a été assassinée. Et je veux savoir par qui.

— Pas par moi, en tout cas.

— Si ce n'est pas par vous, c'est par l'homme à qui vous l'avez vendue... ou revendue, devrais-je dire. J'ai besoin de connaître son identité.

— Je ne connais pas cet homme, dit le Russe d'une voix glaciale. Nous avions rendez-vous, une nuit, sur la route de Mougins. Sa voiture s'est arrêtée à côté de la mienne. Il a fait tomber une mallette pleine de billets sur ma banquette. J'ai laissé sortir la fille. Elle est montée avec lui et il a démarré. C'est tout ce que je peux vous dire.

Corentin sentait la moutarde lui monter au nez à toute vitesse :

— Ne vous foutez pas de moi ! rugit-il. Ne me dites pas que vous faites des affaires avec des inconnus, je ne vous croirais pas. Vous connaissez parfaitement l'identité de l'homme à qui vous avez vendu cette fille ! Et vous allez me la révéler, sinon...

Le visage du Russe se ferma :

— Vous avez raison, commandant Corentin. Je connais l'identité de cet homme. Mais il m'est impossible de vous la révéler. J'ai donné ma parole d'honneur... Vous comprenez ?

La mâchoire de Corentin se crispa sous l'effet de la fureur qui montait en lui. Ce truand, ce mafieux qui venait faire ses saloperies sur le territoire français – comme si on n'avait pas assez de voyous chez nous – et qui se permettait de lui parler d'honneur, en plus !

Du pouce, il releva le chien de son arme, qui produisit un déclic menaçant. Histoire d'être encore plus convainquant, Boris colla le canon de son RMR Spécial Police sur le front du Russe.

— Écoutez, monsieur Souvarof, grinça-t-il. Je cours après un tueur qui va peut-être encore frapper. Si je ne l'arrête pas, d'autres filles mourront. Je me doute bien que c'est le cadet de vos soucis, figurez-vous que, moi, le sort de ces filles m'importe et sachez qu'au stade où j'en suis, je suis prêt à tout. Même à commettre une bavure...

Le Russe ne perdit pas plus son sang-froid que précédemment. Mais il porta lentement ses mains à son visage et, comme au ralenti, enleva progressivement ses lunettes.

Boris ne put s'empêcher de plisser les yeux sous l'impact de ce regard.

Les deux billes rouge vif qui le fixaient semblaient appartenir à une créature venue d'une autre planète. Elles étaient dépourvues de cils autant que de sourcils.

Et ne cillaient pas.

— J'ai les yeux un peu fragiles, ironisa Souvarof. D'où les lunettes. Maintenant, je vais mettre ma main dans ma poche intérieure et vous montrer quelque chose. Si vous le permettez, bien sûr.

— Je permets, fit Corentin en baissant légèrement le canon de son arme pour l'appuyer entre les yeux étranges de Souvarof. Mais à la moindre tentative malencontreuse, vous êtes mort.

— Ne vous inquiétez pas, commandant Corentin, fit le Russe en plongeant lentement sa main dans la poche intérieure de sa veste.

Il en sortit un passeport qu'il ouvrit devant les yeux de Boris.

— J'appartiens au Consulat général de Russie, fit-il de sa voix métallique. Comme vous pouvez le constater, ceci est un passeport diplomatique. Et maintenant, si vous aviez l'obligeance de me laisser quitter cette pièce... Mes amis m'attendent. Ils vont s'inquiéter.

Corentin avait l'impression que le ciel venait de lui tomber sur la tête.

Il avait mis la main sur un homme qui, il le disait lui-même, connaissait celui qui était presque à coup sûr l'assassin de Lorraine Bouchardon. Et cet homme venait de lui brandir un passeport diplomatique sous le nez.

Les deux hommes savaient parfaitement ce que cela voulait dire :

Vladimir Souvarof était intouchable.

Il pouvait même porter plainte pour « l'agression » dont il venait d'être victime, de la part d'un policier français.

Et Boris se ferait sérieusement taper sur les doigts.

Le plus beau de l'histoire, c'était que ce passeport diplomatique avait toutes les chances d'être un faux, obligeamment fourni par les réseaux de l'*Organisatzia*, qui avait largement les moyens techniques et financiers de faire fabriquer ce genre de document.

Mais Boris ne pouvait pas le prouver.

En attendant, il n'avait plus qu'à se rendre à l'évidence :

Il était obligé de laisser partir Souvarof, immédiatement.

— Juste une question, si vous permettez, monsieur Souvarof, demanda Boris au moment où le Russe mettait la main sur la poignée de la porte.

— Je vous en prie...

— Votre passeport diplomatique, vous auriez pu me le montrer tout de suite. Pourquoi m'avoir laissé perdre mon temps ?

L'autre eut un nouveau petit sourire ironique.

— Je trouvais votre numéro particulièrement intéressant, dit-il. Pour nous, pauvres Russes sous-développés, c'est toujours riche d'enseignements de contempler un policier français en action.

Il ouvrit la porte et se retourna une dernière fois pour ajouter :

— Et puis, Boris... c'est un joli prénom bien de chez nous.

Il disparut avec un petit rire métallique.

Aussitôt, Aimé Brichot fit irruption dans les toilettes.

— Alors, fit-il, tu l'as laissé filer, à ce que je vois. J'en conclus qu'il t'a donné le renseignement dont on avait besoin.

— Ne conclus pas trop vite, Mémé, fit Boris d'un ton accablé. Tu vois les murs de ces toilettes ?

— Oui, fit Brichot en ouvrant des yeux ronds.

— Eh bien, ces murs sont ceux d'une impasse. Et nous, on est tout au fond.

CHAPITRE XIII

Appuyé contre la banquette rouge d'un box en demi-lune, tout au fond de l'immense salle du *Smashing*, Alain Lévêque enleva ses lunettes de soleil avec un grand sourire de satisfaction.

Là-bas, de l'autre côté de la piste de danse, les officiers de police Corentin et Brichot se dirigeaient vers la sortie avec un air piteux.

La queue entre les jambes en quelque sorte…

Alain Lévêque laissa échapper un petit rire qui attira l'attention de la fille superbe installée à côté de lui dans le box.

À côté... ou plutôt contre lui. Tout contre, même. Et qui ne cessait de le regarder amoureusement que pour plonger le nez dans son whisky-coca.

— Qu'est-ce qui te fait rire ? dit-elle d'une voix de gorge qui rajoutait encore une dose de sensualité à toute celle que son corps exprimait déjà.

— Oh, rien, fit Alain Lévêque en la regardant à peine. Je nous imaginais, toi et moi, à la soirée des Oscars... Ça serait marrant, non ?

La fille sourit de toutes ses dents éclatantes, que révélait une bouche presque trop large pour l'ovale de son visage. Mais ce léger défaut, loin de l'enlaidir, lui donnait une beauté particulière et fascinante. Une beauté que rehaussaient encore les flammes de ses yeux vert émeraude, son nez à peine busqué, et son opulente chevelure noire qui cascadait sur ses épaules nues, telle la coiffure d'une Cléopâtre ou d'une reine de Saba prises dans l'intimité de leurs appartements privés.

Quant au reste de sa personne... Quand elle était assise, comme c'était le cas, on ne voyait que le haut, mais le décolleté vertigineux de sa robe noire, que semblait déchirer en deux une paire de seins aussi volumineux et durs que des noix de coco, avait déjà de quoi donner le vertige.

D'autant plus que – ça aurait crevé les yeux à un aveugle – elle ne portait pas l'ombre d'un soutien-gorge.

Pour ce qui était du « bas », Alain Lévêque était bien placé pour savoir qu'il était largement aussi excitant que le reste de son anatomie,en particulier, concernant une toison noire comme l'enfer, épaisse comme la nuit, et dont les boucles soyeuses jetaient des reflets bleu acier, comme les ailes d'un corbeau.

Une véritable perle, cette Natacha. Un pur joyau. Obligeamment fournie par Vladimir Souvarof.

Qui avait même fait un prix à Alain Lévêque, à condition qu'il l'en débarrasse.

Définitivement.

Natacha Valdi, qui s'appelait en réalité Sylvette Lacaze, avait vu le jour à Nice, de parents qui tenaient un petit hôtel près de la promenade des Anglais. Après voir quitté l'école à quinze ans, elle avait fait ses débuts dans la vie comme vendeuse dans une boutique de fringues pour hommes appartenant à une copine.

C'est là que Vladimir Souvarof l'avait dénichée, un jour qu'il était entré par hasard s'acheter une ou deux chemises de rechange.

Huit jours plus tard, elle était sa maîtresse.

Deux mois plus tard, elle était condamnée à mort.

Sans même le savoir, d'ailleurs.

Tout ça parce qu'en ouvrant un jour sans prévenir la porte du bureau de son seigneur et maître, elle avait vu le visage d'un homme qu'elle ne connaissait pas, mais qui se trouvait être le patron occulte d'un des plus importants réseaux de trafic d'armes entre la Russie et l'Europe de l'Est.

Vladimir Souvarof était l'une des deux ou trois personnes à connaître son visage et à avoir le droit de rester en vie.

Tous les autres étaient morts.

Et l'homme avait aussitôt exigé que la fille disparaisse à son tour.

Vladimir, pour qui l'argent passait loin devant tout le reste, avait accepté.

Non sans une pointe de regret, pourtant...

Du coup, quand Alain Lévêque, quelques jour plus tard, était venu lui demander de lui trouver une autre fille pour ses tournages secrets, Vladimir lui avait spontanément proposé Natacha.

Parce que, depuis la dernière fois – depuis Lorraine, également « recrutée » par lui -, il savait comment ces fameux tournages se terminaient.

Sylvette Lacaze, alias Natacha Valdi, était ce qu'on pouvait appeler sans exagérer une créature de rêve. Le genre de fille sur laquelle tous les mâles présents, sans exception, se retournent, quand elle entre dans un restaurant ou une boîte de nuit.

Malheureusement pour elle, elle était un peu en dessous de la norme du côté cérébral.

On ne peut pas tout avoir...

Elle avait donc gobé sans problème le baratin habituel d'Alain Lévêque, lui promettant de faire d'elle une star du grand écran.

Ce qui, comme par hasard, était justement le rêve secret de Natacha.

C'est pourquoi, aussi, elle ne pensa pas un instant que Lévêque puisse lui mentir, en lui disant qu'il les imaginait tous les deux aux Oscars...

Ce qui, bien sûr, était loin, très loin de la vérité.

Ce qui motivait l'hilarité secrète du réalisateur de « Cœurs en été », c'était, d'une part, que Corentin et Brichot, trop occupés, sans doute, à chercher Vladimir, n'avaient même pas remarqué sa présence, à lui.

Mais surtout, ce qui le faisait hurler de rire intérieurement, c'était d'imaginer Vladimir leur mettant sous le nez son passeport diplomatique !

Et les congédiant comme des laquais !

Alain Lévêque aurait donné une partie des royalties de son prochain film secret pour assister à la scène qui venait de se dérouler – aux toilettes, apparemment – entre Vladimir et les deux flics.

Ç'avait dû être un grand moment !

N'empêche que Vladimir méritait bien sa réputation de posséder une intelligence supérieure et un instinct de loup.

Deux choses qui lui avaient permis d'atteindre l'âge respectable de trente-deux ans, c'est-à-dire très au-dessus de l'espérance de vie moyenne dans la mafia Russe.

En effet, Vladimir avait tout de suite su – et dit à

Lévêque – que Dédé le Moko, l'ancien souteneur de Lorraine Bouchardon, constituait le maillon faible de leur chaîne de recrutement. Et que par son intermédiaire, la police risquait de remonter jusqu'à lui.

Ce qui ne l'avait pas inquiété outre mesure : avec son passeport diplomatique, il se savait intouchable.

N'empêche qu'il avait décidé de ne plus faire appel aux services du souteneur. Et même de le faire liquider dans les plus brefs délais.

À l'heure qu'il était, pensa Alain Lévêque, Vladimir devait quand même regretter un peu d'avoir attendu pour mettre la sentence à exécution.

Mais après ce qui s'était passé ce soir, le Russe n'attendrait plus.

Dans les vingt-quatre heures, une bonne partie des putes de Nice porteraient le deuil de leur souteneur préféré...

Alain Lévêque décida d'oublier tous ces incidents de parcours et de profiter de sa soirée en compagnie de la belle Natacha. Laquelle, après avoir été la maîtresse de Vladimir Souvarof, n'avait fait aucune difficulté pour devenir la sienne.

Ça devait être ce qu'on appelait la « magie du cinéma »...

Il se laissa aller contre le dossier de velours rouge, et profita de ce que la robe noire de Natacha était fendue pratiquement jusqu'à l'aine, pour glisser négligemment sa main par l'ouverture et la poser sur la cuisse veloutée. Puis, tout en lui prodiguant des petites caresses circulaires, il remonta doucement, imperceptiblement... jusqu'à ce que le bout de ses doigts entre en contact avec la forêt soyeuse et secrète, nichée au creux de son ventre.

Et qu'aucune petite culotte ne défendait.

Natacha se laissa aller en arrière à son tour et émit un ronronnement de plaisir, quand les doigts d'Alain Lévêque entreprirent de forcer son intimité et de la fouiller au plus secret d'elle-même.

— N'arrête surtout pas, gémit-elle de sa voix rauque, tu me fais mouiller comme une vraie salope...

La voix de Natacha, le puits de miel brûlant qui lui avalait les doigts, et le langage volontairement ordurier qu'elle utilisait pour l'exciter, produisirent l'effet escompté. Au bout de quelques instants, Alain Lévêque s'était érigé au maximum, avec une tension telle que son sexe emprisonné dans son pantalon lui faisait presque mal.

Natacha glissa une main sous la table – heureusement pourvue d'une longue nappe de velours rouge qui descendait jusqu'au sol – et referma ses doigts aux ongles carmins sur la bosse monstrueuse qui déformait le vêtement de son nouveau mentor. Avec une habileté diabolique, elle entreprit de libérer sa virilité, qui ne tarda pas à jaillir à l'air libre, avec la puissance d'une matraque tordue qu'on relâche soudainement.

Puis, saisissant à pleine main la hampe brûlante de désir, elle commença à lui imprimer un lent va-et-vient, en serrant de plus en plus fort.

— Arrête ! gémit soudain Alain Lévêque, tu vas me faire jouir.

Natacha lui offrit un sourire de tigresse et colla ses lèvres à son oreille pour murmurer :

— Mais c'est bien le but du jeu, mon chéri...

Totalement à sa merci, Lévêque eut un sourire vaincu.

— D'accord, fit-il, mais pas comme ça : dans ta bouche.

Natacha eut une expression choquée et le lâcha instinctivement en regardant autour d'elle :

— Quoi ? Ici ? Mais tu es fou !

— Mais oui, ici ! fit Lévêque. Au milieu de tout ce monde. C'est ça qui est excitant ! De toute façon, sois tranquille : dans cette foule, personne ne fait attention à personne. Et puis, avec la nappe, on ne te verra pas. Tu fais semblant de ramasser ton sac et tu disparais sous la table... Personne ne remarquera que tu mets du temps à remonter, tu peux me croire.

Passée la surprise de cette demande inattendue et inédite pour elle, Natacha retrouva son expression de chienne en rut.

— D'accord, fit-elle avec un sourire chargé de promesses.

Elle regarda encore une fois dans toutes les directions et constata qu'en effet, personne ne faisait attention à eux.

Alors, elle fit mine de vouloir ramasser quelque chose qu'elle aurait laissé tomber... et plongea sous la table.

L'instant d'après, deux mains s'agrippaient au pantalon d'Alain Lévêque pour le lui faire descendre à mi-cuisses. Puis, le réalisateur se sentit avalé par un fourreau humide et brûlant, au centre duquel tourbillonnait une langue si agile qu'elle semblait animée d'une vie propre.

Il s'accouda à la table et avala, de l'air le plus naturel du monde, une gorgée de son whisky sur glace, tout en contemplant les gens autour de lui avec un sourire ironique.

« S'ils savaient... » pensa-t-il.

Mais très vite, le savoir-faire de Natacha lui rendit

presque impossible d'avoir l'air d'un simple buveur perdu dans ses pensées. Malgré lui, son visage se crispa sous l'effet du plaisir qui montait de ses reins...

Il se laissa tomber en arrière, contre la banquette, pour se libérer à jets impétueux et bouillonnants, tout au fond de la gorge de Natacha.

En faisait de très gros efforts sur lui-même pour ne pas crier, sous l'effet d'un des orgasmes les plus puissants qu'il ait jamais connus.

Après l'avoir bu jusqu'à la dernière goutte, Natacha réapparut comme par enchantement de dessous la table, un sourire carnassier aux lèvres.

— Ça t'a plu ?

— Génial ! fit Alain Lévêque avec la plus grande sincérité.

— À moi aussi, ronronna-t-elle. Il faudra qu'on recommence, un de ces jours.

Alain Lévêque lui posa un rapide baiser sur les lèvres.

Lui aussi, il aurait volontiers « recommencé un de ces jours »...

Malheureusement, pour lui – et surtout pour Natacha –, on était jeudi soir.

Et le tournage secret auquel elle était déjà d'accord pour participer était prévu pour samedi, en fin de matinée.

Ce qui voulait dire que dans un peu moins de quarante-huit heures, elle serait morte.

*

* *

— Si quelqu'un nous surprend, Boris, on va avoir les pires ennuis, je te préviens !

Du haut de son échelle télescopique, Boris Corentin jeta un clin d'œil rassurant à Aimé Brichot.

— Mais non, Mémé, rassure-toi : avec le tournage, on nous prendra pour des paparazzi et dans le pire des cas, on nous dira de déguerpir. Si ça devait s'envenimer, on sortirait nos cartes de flics et voilà tout.

— « Et voilà tout »... grommela Aimé Brichot. Tu en as de bonnes, toi ! Tu oublies Baba. [1] Il nous passerait un sérieux savon, moi je te le dis !

— Arrête donc de râler, Mémé, et fais plutôt le guet. Préviens-moi si jamais quelqu'un se pointe.

En bougonnant, Aimé Brichot s'éloigna de quelques pas du mur d'enceinte de la propriété d'Édouard Fernbach pour mieux scruter les environs.

Dans le fond, il savait que sa flèche, comme d'habitude, avait eu une idée géniale en échafaudant ce plan.

Et puis, au fond du trou comme ils l'étaient, ils n'avaient rien à perdre.

Après l'entrevue catastrophique de Boris avec Vladimir Souvarof, Corentin et Brichot étaient rentrés à leur hôtel dormir quelques heures.

Le petit déjeuner avait été plutôt morose, chacun ruminant en silence des pensées peu enthousiasmantes.

Et puis soudain, entre un croissant au beurre et une gorgée de café brûlant, Boris avait tapé du poing sur la table, renversant le sucrier :

— C'est à la villa que se trouve la clé du mystère,

---

1. Surnom donné par ses subordonnés, en son absence, à Charlie Badolini

Mémé, j'en mettrais ma tête à couper. Il y a un loup quelque part et c'est là-bas qu'il se trouve !

— Et alors ?

— Et alors, il faut y retourner. Mais pas officiellement, comme la dernière fois. Il faut examiner les lieux et les gens sans qu'ils puissent nous voir. S'ils ne savent pas qu'on est là, ils seront décontractés, naturels...

Aimé Brichot avait eu une moue dubitative :

— Je ne vois pas en quoi l'atmosphère de ce tournage sera plus décontractée que lors de notre dernière visite.

— Ce n'est pas tant l'ambiance du tournage que la tête de certaines personnes qui m'intéresse, Mémé, avait répondu Corentin d'un air mystérieux.

— Tu penses à Alain Lévêque, je suppose ?

Boris avait lentement secoué la tête :

— Non. Celui-là, je suis à peu près certain qu'il est coupable, je te l'ai dit. Mais d'un seul coup, j'ai comme un pressentiment à propos de quelqu'un d'autre...

— On peut savoir ?

Corentin avait planté un regard soudain brillant dans celui de Brichot :

— Le vigile. Contrairement à ce que je pensais au début, il n'est pas franc du collier, celui-là. Tu te souviens de sa façon d'hésiter, l'autre jour, quand on l'interrogeait à propos d'Alain Lévêque ?... Je suis sûr qu'il nous cache quelque chose.

— Tu veux qu'on le réinterroge ? avait demandé Aimé en mâchouillant un croissant.

— Oui... mais pas directement.

Une heure plus tard, ils étaient de retour dans le

bureau du commissaire Bertrand. Celui-ci, Boris le savait, avait une passion à laquelle il consacrait tous ses loisirs : la photo.

Corentin n'avait pas eu besoin de beaucoup insister pour que son collègue lui prête un appareil, prolongé d'un téléobjectif de la longueur d'une raquette de tennis.

— C'est un 500 ! avait fièrement annoncé Bertrand. Le genre de truc que les paparazzi utilisent pour photographier les stars toutes nues au bord de leur piscine. Avec ça, vous pouvez faire un gros plan du visage d'un bonhomme à trois cents mètres de distance !

Corentin s'était abstenu de lui demander ce qu'il en faisait, lui.

— Peut-être qu'il arrondit ses fins de mois en travaillant pour une magazine à sensation, avait plaisanté Aimé une fois dans la Mégane.

Les projets que Boris avaient en tête avaient commencé à se dessiner plus nettement dans l'esprit de Brichot, quand sa flèche était descendue de voiture pour acheter une échelle télescopique en aluminium dans une quincaillerie.

Une demi-heure plus tard, Boris avait déplié son échelle le long du mur latéral de la villa, qui donnait sur un petit bois où pratiquement personne ne passait jamais.

Et il était juché tout en haut, accoudé sur le sommet du mur, l'œil collé au viseur et le téléobjectif pointé vers la villa.

Dans la position classique du paparazzi en pleine action.

— Grouille-toi, lui lança Aimé, quatre mètres plus bas. Avec le monde qu'il y a dans le coin, n'importe qui peut débarquer d'un moment à l'autre !

— Ça ne va plus tarder, répondit Corentin. Le vigile est de l'autre côté de la villa. Logiquement, il doit en faire le tour sans s'arrêter. Ce qui veut dire que je l'aurai dans ma ligne de mire dans... Le voilà !

De là où il se trouvait, Aimé entendit les déclics successifs du mitraillage que Boris venait de déclencher sur le vigile.

Quelques instants plus tard, Corentin redescendait, le visage éclairé d'un sourire de triomphe.

— Ça y est, Mémé. Il est dans la boîte !

À Antibes, ils trouvèrent un photographe qui leur promit de développer leur pellicule en une heure.

Le temps, pour eux, d'aller déjeuner.

Dans les délais annoncés, Boris et Aimé avaient en main une superbe série de clichés montrant en gros plan le visage du dénommé José Sylvain.

Nantis de leurs photos, ils retournèrent aux bureaux du SRPJ de Nice, où le commissaire Bertrand – tout heureux de récupérer son matériel aussi rapidement – transmit les clichés par fax à l'Identité judiciaire de Paris.

Un quart d'heure après, Boris et Aimé reçurent la réponse à leur demande de renseignements concernant José Sylvain.

Le visage de Boris se mit à rayonner, dès qu'il eut posé les yeux sur la feuille de papier brillant :

— J'en était sûr, Mémé !

— Sûr de quoi ? fit Brichot en se penchant sur la feuille.

— Regarde : le soi-disant José Sylvain s'appelle en réalité Marius Renard ! Et il a un casier judiciaire plus chargé que la conscience d'un dictateur chilien !

Aimé Brichot lut à voix haute, par-dessus l'épaule de sa flèche :

— Vols de voitures, vols avec effraction, braquages divers... On pourra ajouter « usurpation d'identité ».

— En effet, Mémé. Ce type-là, si j'additionne ses différentes peines, a fait six ans de taule au total. Et sa dernière libération remonte à moins d'un an.

Aimé Brichot hocha la tête en regardant Corentin d'un air admiratif :

— Décidément, Boris, tu m'étonneras toujours. Mais comment as-tu deviné ?

— Oh, fit Corentin d'un air modeste en sortant son paquet de cigarettes, simple question de déduction. Tu le sais aussi bien que moi, Mémé, la plupart des vigiles sont soit des anciens flics, retraités ou mis au rancart et recyclés dans le gardiennage, soit des ex-taulards ou des voyous en tout genre. Notre homme est trop jeune pour appartenir à la catégorie des anciens flics. Et puis, un ancien de la « maison », on l'aurait reniflé tout de suite, toi et moi. Il ne pouvait donc qu'appartenir à la seconde catégorie : celle qui occupe ses loisirs à faire de la musculation. Je parle pour ceux qui se tiennent tranquilles, évidemment.

Aimé Brichot lissa pensivement son crâne chauve du plat de la main.

— Et tu crois que ce Marius Renard, puisque tel est son vrai nom, est devenu vigile dans le but d'avoir du temps libre pour faire des casses ?

— Possible, Mémé, fit Boris en rejetant un épais nuage de fumée bleutée, possible... En tout cas, ça lui fait une sacrément bonne couverture...

— Comme tu dis. En tout cas, il fréquente forcément le milieu des voyous.

— Ah bon, fit Boris, et pourquoi donc ?

— Parce que, sourit finement Aimé Brichot, ce n'est pas en ne fréquentant que les honnêtes gens qu'on se fait les relations nécessaires pour se faire faire de faux papiers.

Boris éclata de rire et administra une bourrade à Aimé, qui faillit en perdre l'équilibre :

— Tu as raison, Mémé ! Ça tombe sous le sens.

— Bien, fit Brichot avec un sourire qui fit remonter une extrémité de sa moustache. Je crois que nous voilà bien armés pour avoir une nouvelle entrevue avec ce José Sylvain... ou plutôt Marius Renard.

— Bien vu, Mémé, fit Boris. Et puis, cette fois, on a plein de sujets de conversation.

CHAPITRE XIV

Sous le soleil de plomb de ce samedi matin, la majestueuse villa d'Édouard Fernbach semblait s'étirer paresseusement, comme un gigantesque lézard en pleine digestion. Quand Boris coupa le contact de la Renault Mégane, après l'avoir garée près de la terrasse, on n'entendit plus que le chant des cigales et un léger souffle de vent dans les branches de pins et d'oliviers sauvages.

— On a beau dire, fit Aimé Brichot en humant l'air embaumé de parfums multiples, ça sent meilleur que sur le périphérique.

— On peut difficilement dire le contraire Mémé, fit Boris en partant dans la direction de l'endroit où le vigile avait l'habitude de garer sa Peugeot 106, juste de l'autre côté de la villa. Et puis, quand il n'y a plus personne, comme maintenant, cet endroit redevient quasiment paradisiaque. On ne s'en rend même pas compte, avec le tohu-bohu du tournage.

— Dis donc, fit Aimé en courant pour rattraper sa flèche, tu ne t'es pas ennuyé, sur le tournage, la dernière fois, si j'ai bonne mémoire ?

— Tu as raison de me rappeler que je me suis laissé distraire de mon devoir, Mémé, fit Boris mi-figue, mi-raisin. Mais je t'en prie : ne remue pas des souvenirs pénibles.

— Toi alors, comme faux cul... s'indigna Brichot.

Ils interrompirent cette joute oratoire en arrivant près du véhicule où le soi-disant José Sylvain avait l'habitude de se délecter des cassettes pornographiques obligeamment fournies par Alain Lévêque.

Le vigile était bien à l'intérieur, mais toutes fenêtres ouvertes, cette fois, et la tête cassée en arrière sur le dossier de son siège, dormait profondément.

Boris avança la main à l'intérieur du véhicule et le secoua énergiquement par l'épaule.

Le vigile ouvrit un œil et, reconnaissant Boris et Aimé, jaillit de sa voiture pour se planter, comme l'autre fois, dans une sorte de garde-à-vous ridicule.

— Eh bien, ironisa Corentin, en plein boulot, à ce que je vois ! C'est comme ça que vous faites votre travail ? En profitant de ce qu'il n'y a personne pour piquer un roupillon ?

— Je... C'est-à-dire que... bredouilla le vigile embarrassé, j'ai un peu picolé hier soir, alors forcément, avec ce soleil... Mais soyez sympas, le dites pas à mon chef, hein !

Corentin et Brichot échangèrent un clin d'œil amusé.

— Ne t'inquiète pas, Marius, fit Boris en le fixant droit dans les yeux, on ne dira rien à personne. À condition que tu te montres coopératif.

Le vigile se décomposa littéralement sous les yeux de Boris et d'Aimé en entendant son vrai prénom.

— Co... comment vous savez ?...

— On sait, voilà tout, le coupa sèchement Corentin. On sait que tu ne t'appelles pas José Sylvain, mais Marius Renard. Quand à ton passé de voleur à la tire et de petit braqueur, il n'a aucun secret pour nous. Alors autant jouer cartes sur table, pas vrai ?

Comme si le champion de monde en titre des poids lourds venait de lui ajuster un uppercut au menton, Marius Renard tituba légèrement et s'appuya à la carrosserie de sa voiture.

— Tu peux nous expliquer ce petit tour de passe-passe, Marius ? embraya Aimé.

Marius Renard baissa la tête comme un gosse surpris en flagrant délit d'une grosse bêtise.

— Puisque vous connaissez mon passé, fit-il d'une voix plaintive... c'est pas difficile à comprendre. Un mec qui sort de taule, on se bouscule pas pour lui offrir un boulot. Surtout comme vigile.

— Je comprends ton problème, fit Boris. Mais dis donc, les faux papiers, c'est pas très régulier, ça. Tu sais que c'est le genre de truc qui pourrait te valoir de sérieux ennuis ? Surtout avec ton casier.

Décidant sans doute que Boris n'avait pas besoin de lui pour conduire cet interrogatoire qui se révélait facile, Aimé Brichot ne résista pas aux senteurs qui embaumaient le parc de la villa et s'éloigna tranquillement.

Le vigile, lui, leva vers Boris ses yeux noirs, qui avaient une expression de chien battu.

— Les papiers, fit-il d'un air piteux, c'est toujours rapport au boulot. Fallait bien que j'en aie. Alors, oui, c'est vrai, je suis allé trouver d'anciens potes qui pouvaient me rendre ce petit service... Mais à part ça, j'ai rien fait de mal, je vous jure ! J'ai peut-être fait des conneries dans le passé, mais maintenant, c'est fini, parole ! Je suis rangé !

Corentin le dévisagea longuement en se demandant

quoi penser. Après tout, son histoire tenait debout. Il fallait bien admettre qu'on ne se battait pas, dans les entreprises, pour engager les anciens détenus. Le raisonnement de Marius Renard pouvait se comprendre. Même si les moyens qu'il avait utilisés étaient franchement illégaux.

— Et à propos de ce dont on a parlé l'autre jour, insista-t-il, tu n'as toujours rien à m'apprendre ?

L'autre secoua énergiquement la tête :

— Non. Je vous ai tout dit. Tout ce que je savais, en tout cas.

— Et depuis, tu n'as rien remarqué de plus ?

— Non. Absolument rien. RAS [1].

— Boris !

Corentin se retourna. La voix d'Aimé venait de quelque part dans le parc, à une cinquantaine de mètres au jugé.

— Boris, viens voir ! insista Brichot.

Corentin se tourna vers le vigile :

— Toi, tu te réinstalles dans ta voiture et tu ne bouges pas, compris ? On aura peut-être encore besoin de toi tout à l'heure.

Le dénommé Marius Renard esquissa un salut militaire, qu'il retint juste à temps, et remonta dans sa Peugeot.

Boris se dirigea à l'oreille en direction de l'endroit d'où Aimé l'avait appelé.

Il le trouva plus près que prévu : à vingt mètres à peine, un peu à l'écart de la villa, à mi-distance de celle-ci et de la piscine.

1. « Rien à signaler », en langage militaire.

Penché sur un massif de roses d'un rouge sang absolument somptueux.

— Ce sont des roses anglaises ! s'exclama joyeusement Aimé en voyant approcher Boris. Je connais même leur nom : ce sont des « Compassion » !

Corentin s'arrêta à quelques mètres de lui, les poings sur les hanches.

Se demandant sérieusement si le soleil de la Côte d'Azur n'avait pas tapé un peu trop violemment sur la tête de cet anglomaniaque incorrigible.

— C'est pour me faire un cours de botanique que tu m'arraches à mon travail, Mémé ? demanda-t-il d'un ton ironique.

— Pas vraiment, répondit Brichot, dont l'œil frisait soudainement d'une lueur malicieuse. Et avec notre gorille, ça avance ? Tu en as tiré du nouveau ?

Boris fit la moue :

— Pas vraiment. Son histoire de faux papiers, finalement, ça ne cachait rien de bien méchant. Rien qui puisse faire avancer notre enquête, en tout cas. On se retrouve encore une fois le bec dans l'eau.

L'air espiègle d'Aimé Brichot s'accentua. Ce qui eut le don d'énerver Boris :

— Mais qu'est-ce qui se passe, à la fin ? Tu vas te décider à me dire à quoi rime cette histoire de roses ? Ou est-ce que tu es vraiment en pleine crise de delirium anglomaniens ?

— Rassure-toi, Boris, fit Aimé en redevenant sérieux, je suis en pleine possession de mes facultés mentales. Je voudrais simplement attirer ton attention sur quelque chose.

— Quoi ?

— Respire-moi un peu ces roses, s'il te plaît.

— Ça y est, ça te reprend ! grogna Boris, en s'exécutant néanmoins.

Il renifla consciencieusement pendant quelques secondes et se releva :

— Et alors ?

— Et alors ? fit Aimé Brichot soudainement grave, tu as déjà vu des roses qui sentent le couscous ?

Corentin ouvrit des yeux ronds et se replongea le visage dans le massif odorant.

Cette fois, il perçut nettement, derrière le parfum des roses, celui, moins poétique mais plus appétissant, du plus célèbre plat de la cuisine marocaine.

— Ça alors ! fit Boris. D'où est-ce que ça peut venir ? De là-dedans, tu crois ?

En se griffant les mains et les manches de son blouson aux épines, il s'avança à l'intérieur du massif, suivi par Aimé.

Elle était là.

« Elle »... c'est-à-dire la trappe d'aération s'ouvrant dans le sol, et cachée au cœur du massif de roses.

Une trappe par où s'échappait – cela ne faisait plus aucun doute, à présent – une puissante odeur de couscous en train de cuire.

— Allons voir un peu ce qui se passe en cuisine, Mémé, fit Boris en s'élançant vers la villa, suivi de Brichot.

Les deux hommes déboulèrent un instant plus tard dans la cuisine. Qui était déserte.

Quant au four électrique et celui à micro-ondes, ils étaient absolument vides.

Corentin et Brichot se regardèrent.

Et surent qu'ils pensaient la même chose :

— Le sous-sol ! rugit Boris. On n'a jamais visité le sous-sol !

Du même élan, ils se précipitèrent dehors et allèrent arracher le vigile à sa voiture.

— Il y a un passage qui mène au sous-sol de la villa ! lui cria Corentin en pleine figure. Tu vas nous montrer où il est. Et tout de suite !

Le visage de Marius Renard se plissa dans une expression ahurie.

— Vous voulez dire l'escalier de la cave ? Mais j'en sais rien, moi ! Vous savez bien que j'ai pas le droit d'entrer à l'intérieur...

— Le massif de roses ! insista Corentin. Je parle de la trappe d'aération qui s'ouvre à l'intérieur du massif de roses ! Elle vient d'où ?

Cette fois, les yeux du vigile semblèrent se rejoindre, sous l'effet de l'incompréhension :

— Quelle trappe d'aération ? J'ai pas l'habitude d'aller fouiller dans les plates-bandes, moi !

— OK, fit durement Boris, on en reparlera. Reste dans ta voiture en attendant qu'on t'appelle, c'est compris ?

Le vigile réintégra son véhicule. Corentin et Brichot se ruèrent de nouveau à l'intérieur de la villa déserte.

Par acquit de conscience, il visitèrent de nouveau la cuisine.

Toujours aussi déserte.

Ils ressortirent et ouvrirent la porte coulissante du garage, qui était assez grand pour quatre voitures.

Il était vide, lui aussi.

— C'est à l'intérieur de la villa qu'il faut chercher, décréta Corentin. On y retourne.

Ils finirent par dénicher une petite porte, dans un

passage étroit entre la cuisine et le hall d'entrée. Une porte dont les contours étaient dissimulés dans les moulures du mur, ce qui expliquait sans doute qu'elle ait échappé à leur première inspection.

Elle n'était pas fermée à clé. Derrière, un escalier plongeait dans les profondeurs du sous-sol. Corentin et Brichot le dévalèrent quatre à quatre et se retrouvèrent dans une luxueuse cave voûtée où étaient entreposées des milliers de bouteilles. Une rapide inspection leur permit de constater qu'il s'agissait presque exclusivement de très grands crus, tous dans les meilleurs millésimes.

— Il est peut-être radin, mais il sait vivre, ce monsieur Fernbach, fit Aimé en manipulant avec précaution une bouteille de Romanée-Conti 57 qui, au cours actuel, devait valoir une bonne dizaine de milliers de francs.

Boris soupira :

— En attendant, on n'est pas plus avançés. C'est une cave à vins, voilà tout.

— À ce propos, fit Brichot en reposant la bouteille avec délicatesse, tu n'as rien remarqué ?

— Quoi ?

— L'escalier qui mène à cette cave. Il n'est pas en pente raide, comme le sont souvent les escaliers de caves.

— Et alors ?

— Et alors, fit Aimé en triturant sa moustache, la porte ouvrant sur cet escalier est située pratiquement contre le mur du fond de la villa. Ce qui signifie, d'après l'angle de l'escalier, que nous ne sommes pas sous la villa, mais à côté.

Corentin fixa son coéquipier pendant un instant, puis son visage s'éclaira soudain :

— Bon Dieu, Mémé, tu as raison ! Et si cette cave n'a pas été creusée sous la villa, contrairement à toute logique, c'est que le sous-sol de la villa est déjà occupé par autre chose !

— Tu l'as dit, Boris, acquiesça Brichot en hochant la tête.

— Et ce quelque chose, poursuivit Corentin, doit bien avoir une entrée, non ?

— Sans aucun doute. Il ne reste plus qu'à la trouver.

Les deux hommes remontèrent dans la villa.

— Voyons, fit Boris en réfléchissant tout haut, on a déjà exploré la maison dans ses moindres détails : le grand salon, les chambres, la cuisine, le garage... S'il y avait un passage secret, on l'aurait trouvé, non ?

— Probablement, fit Brichot dont le front était creusé par une ride de concentration.

— La piscine ! cria soudain Boris. La piscine !

— Eh bien quoi, la piscine ? fit Brichot. Le passage secret n'est quand-même pas sous l'eau ?

— Non, dit Corentin en le fixant intensément. Pas sous l'eau Mémé... Sous la piscine !

Ils traversèrent en courant la terrasse de la villa et contournèrent la piscine, dont le côté « à débordement » longeait le bord de la falaise, donnant l'impression que l'eau qui ruisselait du rebord de la piscine tombait directement dans la mer.

— Tu vois, Mémé, fit Boris, à cause de cet effet de perspective, personne, même pas nous, n'a songé à aller regarder derrière. Pour la bonne raison que, vu de la villa, on a l'impression que le rebord extérieur de la piscine tombe directement dans le vide. Mais ce n'est pas le cas. Regarde !

En se penchant, ils constatèrent qu'à l'arrière de la

piscine, un escalier était creusé dans le roc de la falaise. Un escalier extrêmement raide, qui débouchait environ trois mètres plus bas sur ce qui avait dû être, jadis, un « chemin de douaniers » ou un sentier de randonneurs.

Boris et Aimé descendirent les marches glissantes avec précaution. Un faux pas, et c'était le plongeon mortel vers les rochers qui affleuraient à la surface de l'eau, soixante mètres plus bas.

Sur le sentier, juste en contrebas de la piscine, une porte métallique était fixée dans la roche.

Une porte nantie d'une serrure, mais sans poignée.

— Ne bouge pas, Mémé, fit Boris, je reviens tout de suite.

— Où vas-tu ? cria Brichot en voyant sa flèche remonter précipitamment les marches de pierre.

— Chercher la clé !

Quelques secondes pus tard, Boris secouait une nouvelle fois le vigile, de nouveau assoupi dans sa voiture :

— La clé du local technique de la piscine ! Il me la faut ! Et tout de suite ! Et surtout, ne me dis pas que tu ne l'as pas !

À l'expression menaçante et furieuse de Corentin, Marius Renard comprit que ce n'était pas la peine de tergiverser. Il détacha une clé de son trousseau et la lui tendit avec un soupir résigné.

— On va avoir une explication sérieuse, toi et moi, je te le garantis ! lui lança Boris en repartant en courant vers la falaise.

L'instant d'après, Aimé et lui pénétraient dans une pièce sombre, creusée au cœur même de la roche.

Le local technique de la piscine.

*

* *

Alain Lévêque colla une fois encore l'œil au viseur de sa caméra-vidéo. Pas pour régler la focale : c'était déjà fait.

Pour le plaisir.

En toute modestie, il trouvait géniale l'idée qu'il avait eue pour la « pose » de Natacha.

Car le problème, évidemment, était de varier à chaque film la position de la fille. En tout cas, jusqu'à ce qu'il ait épuisé le répertoire de son imagination. Après, il reviendrait à la première position, et reprendrait depuis le début.

Pour Natacha, il avait trouvé un truc spectaculaire.

En utilisant l'une des statues de pierre monumentales qui décoraient le grand salon : un guerrier grec entièrement nu, grandeur nature, dressé sur ses jambes musclées et tenant un flambeau à deux mains au-dessus de sa tête.

Alain Lévêque avait attaché Natacha dos à dos avec la statue, mais la tête en bas. Les genoux repliés de chaque côté de la tête du guerrier, ellc avait les mollets rabattus sur son torse. Le sien pendait à la verticale dans le dos du Grec, son abondante chevelure noire recouvrant les fesses de pierre. Les bras de Natacha étaient étirés en arrière et ses mains, refermées sur le sexe volumineux du guerrier, étaient liées par des lacets de cuir.

Au début, elle avait trouvé l'idée amusante. Follement excitante, même.

Mais une fois attachée, elle avait vite commencé de déchanter.

D'abord, parce que la pierre rugueuse de la statue lui écorchait le dos, les bras et les cuisses.

Ensuite parce qu'elle avait la sensation d'étouffer.

Mais ça, ça n'était pas venu tout de suite.

Il avait d'abord fallu qu'elle reste une bonne demi-heure dans cette position inconfortable pour que sa respiration commence à devenir difficile. Oppressée...

Comme si un poids sur sa poitrine l'empêchait de respirer.

Un poids de plus en plus lourd.

Ce que Sylvette Lacaze, alias Natacha Valdi, ignorait, c'était que cette position provoquait une asphyxie lente, mais inéluctable.

Dont les effets, conjugués à l'afflux excessif de sang dans le cerveau, conduisaient inévitablement à une issue fatale.

Toutes choses qu'Alain Lévêque, lui, savait parfaitement.

Pendant la nuit de jeudi à vendredi – celle de leur sortie au *Smashing* -, pendant la journée de vendredi et une bonne partie de la nuit de vendredi à samedi, il n'avait pratiquement pas cessé de se repaître du corps voluptueux de Natacha. Et de son formidable savoir-faire amoureux, ainsi que de son imagination érotique, qu'elle semblait vouloir pousser un peu plus loin à chaque fois qu'ils faisaient l'amour.

Cette Natacha était une véritable bête de sexe. Une machine à jouir et à faire jouir comme Alain Lévêque n'en avait jamais connue.

Du coup, plus il se perdait entre ses bras, entre ses cuisses et dans sa bouche, plus il se désespérait à l'idée de devoir la tuer.

Mais il n'avait plus le choix. D'abord, parce qu'il

était engagé vis-à-vis de ses propres clients et que la fortune promise continuait, malgré les prouesses amoureuses de Natacha, à lui miroiter devant les yeux.

Ensuite, parce que Vladimir Souvarof lui avait cédé cette fille pour qu'il la tue. Pas pour qu'il l'épouse et en fasse la mère de ses enfants.

Et un contrat passé avec Vladimir Souvarof, ça se respectait.

À moins d'avoir envie de finir au fond de la baie de Cannes, avec un bloc de ciment frais en guise de charentaises.

Ce qui n'entrait nullement dans les projets d'avenir d'Alain Lévêque.

Il regarda sa montre.

Cela faisait une bonne heure et demie qu'il tournait.

Natacha, à présent, laissait échapper de petites plaintes quasi continuellement. Mais de plus en plus étouffées.

Histoire de se concentrer sur autre chose, Alain Lévêque détacha sa caméra de son pied, la mit à l'épaule, et entreprit, une fois encore, de tourner autour de Natacha en effectuant des gros plans sur telle ou telle partie de son anatomie.

Elle, il avait choisi de la montrer entièrement nue. D'abord parce que cette nudité s'accordait avec celle de la statue et qu'il y avait là un effet indubitablement esthétique auquel le réalisateur ne pouvait pas s'empêcher d'être sensible.

Ensuite, parce qu'il avait eu envie de tout montrer de ce corps magnifique. De ne rien dissimuler aux regards, de cette merveille dont il avait si bien profité. La moindre pièce de lingerie, pensait-il, aurait gâché les courbes somptueuses de cette créature de rêve... au vrai sens du terme.

Aussi, Natacha ne portait-elle en tout et pour tout que le désormais traditionnel collier de chien clouté, avec son pendentif bouddhiste.

Une petite « touche personnelle » à laquelle, Alain Lévêque le savait, ses clients asiatiques étaient particulièrement sensibles.

Debout devant elle, tout près d'elle, il effectua un énième gros plan sur l'intimité foisonnante et sombre de Natacha. Les genoux écartés par la tête de la statue, elle révélait malgré elle une fleur secrète dont on devinait à peine la corolle nacrée, perdue dans la jungle odorante de son bas-ventre. Mais cette impression « d'entr'aperçu » donnait au spectacle quelque chose de suggestif qui faisait travailler l'imagination et fouettait les sangs.

Ensuite, après un rapide plan intermédiaire sur les flammes de l'âtre – une autre de ses signatures –, il revint plein cadre sur le visage de la fille.

Elle grimaçait de souffrance, à présent, et sa fabuleuse poitrine se soulevait par saccades au rythme d'une respiration de plus en plus haletante, de plus en plus courte...

Le tout, vu à l'envers, avait quelque chose de surréaliste et de grand-guignolesque en même temps. C'était à la fois tragique, horrible... et vaguement risible.

Mais Alain Lévêque était de moins en moins sensible au côté risible de ce spectacle dont il était l'auteur.

Lentement, sans faire d'à-coups, il recula et refixa la caméra sur son socle.

Bientôt deux heures qu'il tournait.

À voir l'expression grimaçante de Natacha, à entendre son souffle de plus en plus court, ses gémissements de plus en plus faibles, il était clair que la fin était proche.

Elle allait mourir.

Alain Lévêque attendait ce moment avec de plus en plus d'impatience. Comme un soulagement.

Pour elle, mais aussi pour lui.

Ce n'était plus qu'une question de minutes...

Il éprouva soudain une sensation d'écœurement à l'idée de ce à quoi il s'apprêtait à assister, comme un voyeur.

Alors il quitta la pièce.

Décidé à se servir un autre verre de ce scotch qu'il avait trouvé dans la cuisine.

Comme à son habitude, il avait déjeuné pendant le tournage d'un plat surgelé déniché dans le réfrigérateur. Il n'y avait trouvé que du couscous. Il avait horreur de ça, et surtout de l'odeur que ça dégageait. Mais il s'était forcé à manger quand même, histoire de tuer le temps en attendant que les minutes fatidiques s'écoulent.

Mais maintenant, il avait besoin d'un remontant plus efficace que le verre de rosé avalé avec son couscous.

Ou plutôt, d'un autre remontant efficace. Car ce nouveau verre de scotch serait le quatrième.

Déjà, la tête lui tournait et il tituba légèrement en se dirigeant vers la cuisine.

Il se rendait bien compte qu'il était ivre et qu'il allait l'être encore davantage. Et alors ? Quelle importance ? Il avait besoin de ça pour tenir le choc et faire passer ce vague dégoût de lui-même, qui se faisait de plus en plus insistant.

Dans le grand salon, la caméra tournait toujours.

Dans la cuisine, Alain Lévêque s'empara de la bouteille laissée sur la table et s'en remplit un plein verre...

*

* *

Une fois de plus, Boris Corentin et Aimé Brichot avaient la désagréable sensation de se retrouver au fond d'une impasse.

Le local technique de la piscine, selon toute apparence, ne donnait sur rien. Contre le mur du fond étaient emplilés jusqu'au plafond de gros sacs en plastique remplis de « carottes », c'est-à-dire de cartouches de produits auto-nettoyants qu'on insérait régulièrement dans les canalisations pour purifier l'eau.

— Tu crois qu'il y a une porte derrière ? suggéra Aimé qui suivait le regard de sa flèche.

Boris secoua la tête :

— Trop compliqué, Mémé. Comment ferait-on pour remettre les sacs en place après être passé ?

— On ne le ferait pas, dit Brichot avec une lueur de malice dans le regard. On demanderait à un complice de le faire...

— Notre ami le vigile, par exemple ?

— *Exactly.*

Aussitôt, ils se mirent à arracher l'un après l'autre les sacs à leur empilement. Mais le mur du fond, une fois débarrassé, ne présentait pas la moindre charnière, par la moindre aspérité, rien qui puisse ressembler à un système d'ouverture.

C'était un mur en béton gris et froid, parfaitement lisse comme tous les murs en béton.

Quant au reste... Des tuyaux circulaient un peu partout dans la pièce. À côté d'un tableau couvert de fusibles, de compteurs et de manettes, était accrochée une notice d'explication en plusieurs langues. Et par-dessus tout ça il y avait le ronronnement permanent, presque imperceptible, du moteur du système d'épuration.

Boris et Aimé avaient l'impression de se trouver dans une usine ou une centrale électrique tournant au point mort. Comme assoupie.

Aimé Brichot s'épongea le front, puis, dans un réflexe de lassitude, s'accouda machinalement au tableau de bord de la chaufferie. Involontairement, sa main accrocha dans le mouvement à l'une des manettes rouges et l'abaissa d'un quart de tour.

Avant que Brichot n'ait eu le temps de réparer sa gaffe et de remettre la manette dans sa position originelle, il y eut un déclic sonore et un chuintement relativement puissant.

En provenance du mur du fond, celui que les deux hommes venaient de dénuder.

Les yeux arrondis par la stupeur, ils le virent coulisser rapidement et s'enfoncer dans la paroi rocheuse.

Derrière, s'ouvrait un tunnel étroit dont on ne voyait pas le bout. La paroi de gauche était formée de roche brute : celle de la falaise. Mais la paroi de droite était faite de béton parfaitement lisse et vertical.

— La piscine ! fit Corentin.

Il frappa la surface grise du plat de la main :

— L'eau est juste derrière...

— En attendant, fit Brichot, je crois qu'on a gagné le cocotier. Ne reste plus qu'à aller voir ce qui se trouve à l'autre bout.

Ils s'élancèrent dans le tunnel, où Corentin dut baisser la tête, car la roche du « plafond » était à peine à un mètre soixante-dix du sol, à vue de nez.

À l'autre bout se trouvait une porte métallique, dotée d'une poignée, celle-là. Boris la poussa doucement...

Et eut le choc de sa vie.

Aimé Brichot, qui arriva sur ses talons, s'en décrocha la mâchoire de stupéfaction.

Ils venaient de déboucher dans le grand salon de la villa antiboise d'Édouard Fernbach !

La pièce même où ils se trouvaient quelques minutes plus tôt.

Pourtant, ils n'avaient pas rêvé : la porte métallique donnant sur le local technique de la piscine se trouvait bien trois mètres au moins sous le sol de la villa.

Et le tunnel secret qu'ils venaient d'emprunter ne montait pas d'un seul degré !

Pourtant, tout y était : les meubles, les statues, les amphores, les tableaux de maîtres... même les tommettes du sol avaient le même dessin géométrique !

L'étonnement passé, Boris commençait à comprendre.

À constater l'incroyable...

Édouard Fernbach avait fait construire sous sa villa la réplique exacte de celle-ci.

Au détail près.

Pourquoi ?

C'était une question qu'Aimé et lui se feraient un plaisir d'aller lui poser de vive voix.

Mais dans l'immédiat, il y avait plus urgent à faire.

Car Boris et Aimé avaient remarqué presque instantanément un « détail » qui différenciait le décor environnant, par rapport au salon situé au-dessus de celui-ci.

Un « détail » d'importance pourtant.

En l'occurrence, une fille complètement nue et absolument superbe, attachée tête en bas contre le dos d'une statue grecque représentant un guerrier grandeur nature.

Et trois mètres plus loin, une caméra-vidéo sur pied qui la filmait.

Une caméra sans personne, apparemment, pour la manœuvrer.

Boris et Aimé se précipitèrent sur la fille, qui ne respirait plus que faiblement. Visiblement, elle était en train de mourir à la fois d'asphyxie et d'embolie cérébrale.

Tout comme était morte la malheureuse Lorraine Bouchardon.

Et, avant elle, une inconnue, jeune victime elle aussi d'une bande de malades sexuels qui, pour assouvir leurs fantasmes, jouissaient au propre comme au figuré, de voir mourir devant leurs yeux, en direct pour ainsi dire, d'innocentes créatures.

Ils la détachèrent et elle tomba mollement dans les bras de Boris. Inanimée.

Corentin l'allongea sur les tommettes et entreprit de lui faire du bouche-à-bouche pour tenter de lui rendre un souffle de vie. Petit à petit, la fille recommença à respirer à peu près normalement.

Boris s'acharnait toujours, Brichot penché au-dessus de lui.

Soudain, Corentin sentit que son coéquipier lui tapotait doucement l'épaule :

— Boris... regarde un peu par là.

Corentin abandonna la fille et tourna lentement la tête vers l'entrée du grand salon.

Dans l'encadrement de la porte se tenait un homme qu'il identifia au premier coup d'œil.

Alain Lévêque.

Celui-ci les regardait tous les trois – Boris, Aimé et la fille – d'un air éteint, presque indifférent. Quand il fit un pas vers eux, Corentin comprit à sa démarche titubante qu'il était ivre.

Boris se redressa et lui fit face :

— Ravi de vous voir, monsieur Lévêque, dit-il d'une voix qui exprimait tout le contraire. Je crois qu'il est inutile de vous interroger, cette fois. Pour l'instant, en tout cas. Le juge d'instruction s'en chargera. Nous, nous avons toutes les preuves qu'il nous faut. Vous êtes bien d'accord avec moi ?

Pour toute réponse, le réalisateur fit lentement « oui » de la tête. Il semblait résigné à subir son sort. Comme s'il était soudain devenu inaccessible à tout ce qui pouvait lui arriver à partir de maintenant.

— Inutile de vous dire, précisa Boris en sortant son arme, qu'il vaut mieux ne pas bouger.

Mais l'autre restait parfaitement immobile, mis à part un imperceptible balancement de tout son corps, dû à l'excès d'alcool.

Aimé Brichot sortit son portable et composa le numéro du commissaire Bertrand, au SRPJ de Nice.

— Nous sommes à la villa Fernbach, dit-il seulement. Envoyez-nous un peu de monde, vous serez gentil. Merci.

Lévêque tenait encore son verre de scotch à la main. Il le porta à ses lèvres et avala d'un trait ce qui restait.

— Comment avez-vous trouvé ? articula-t-il enfin.

Corentin eut un sourire malin :

— C'est parce que mon coéquipier ne fume pas.

Le visage d'Alain Lévêque se froissa sous l'effet de l'incompréhension.

— Comme il ne fume pas, poursuivit Boris, il a l'odorat plus développé que le mien. C'est pourquoi il a remarqué que les roses sentaient le couscous.

La lumière mit quelques instants à se faire dans le cerveau embrumé par l'alcool d'Alain Lévêque. Puis, il hocha lentement la tête. Il venait de comprendre.

— Saleté d'aérateur... murmura-t-il.

— Juste une petite question, fit Boris. Le corps de Lorraine Bouchardon, qui a été rejeté par la Fontaine-de-Vaucluse, vous l'aviez balancé où ?

Lévêque hésita, puis comprenant qu'il n'avait plus rien à perdre, répondit :

— Dans un gouffre, à Banon, à côté de Saint-Michel de l'Observatoire, près de Forcalquier.

— Je connais, fit Brichot. C'est au pied de la montagne de Lure.

— Et vous ne saviez pas que les galeries souterraines de ce gouffre communiquaient avec la Fontaine-de-Vaucluse ? demanda Corentin.

Lévêque eut un sourire amer :

— Non... J'ai toujours été nul en géographie.

— Eh oui, fit Boris. C'est ce qui vous a perdu.

Le réalisateur le fixa soudain d'un air profondément navré. Corentin crut un moment qu'un début de remords s'emparait de lui. Mais l'autre le détrompa en lâchant d'une voix neutre :

— Qu'est-ce que vous voulez... Il y a toujours un grain de sable...

CHAPITRE XV

— Et comment cet Alain Lévêque a-t-il découvert la villa souterraine qu'Édouard Fernbach avait fait construire sous la sienne ? Cette fameuse villa jumelle ? demanda Charlie Badolini en tapotant de ses doigts nerveux son sous-main en cuir de Cordoue.

Visiblement, la cigarette commençait à lui manquer. Au bout de plusieurs semaines d'abstinence, il tenait toujours, mais Boris et Aimé le connaissaient suffisamment bien pour savoir que ce n'était qu'une question de jours avant qu'il ne replonge.

— Le hasard, répondit Corentin en sortant son paquet de Gitanes blondes. Le hasard, qui s'est présenté sous les traits de Marius Renard, alias José Sylvain, le vigile de jour qui surveillait la villa. Notre homme est un maniaque de l'ordre et de la propreté. Or, vous savez aussi bien que moi, patron, qu'une équipe de tournage, ça n'est pas très soigneux. Ça casse les bibelots, ça fait des taches sur la moquette, ça jette ses mégots partout... Marius Renard n'était pas habilité à faire le ménage dans la villa, mais un jour qu'il avait repéré des mégots dans un massif de rosiers, il n'a pas pu s'empêcher de se baisser pour les ramasser. C'est comme ça qu'il a trouvé la trappe d'aération de la villa souterraine, la villa secrète.

Ensuite, à force de fouiner, il a trouvé l'entrée. Il a gardé le secret pour lui, jusqu'au jour où il a surpris une conversation, un soir après le tournage de la série télévisée, entre Alain Lévêque et une de ses anciennes assistantes. En rigolant, ils faisaient allusion au passé d'Alain Lévêque, qui a commencé sa carrière en tournant des films pornos bon marché.

— Entre parenthèses, l'interrompit Aimé, je me charge d'aller passer un savon au responsable de la mise à jour des dossiers ! Si celui d'Alain Lévêque avait mentionné son passé de réalisateur de films pornos, ça nous aurait fait gagner du temps...

— Et on aurait peut-être eu une morte de moins, reconnut Badolini. J'avoue que sur ce coup-là, je suis d'accord avec vous, Brichot : je me chargerai moi-même de l'engueulade.

— Bref, poursuivit Corentin, notre vigile s'est dit qu'il avait trouvé l'homme de la situation. Il lui a montré le passage secret et la villa souterraine en lui proposant de l'utiliser pour tourner des films pornos. À condition de partager, les bénéfices, évidemment...

— C'était l'association idéale, poursuivit Aimé Brichot en remontant ses lunettes sur l'arête de son nez : les deux hommes étaient complices, donc ils se tenaient mutuellement. Chacun était sûr que l'autre ne parlerait pas.

— Donc, reprit Badolini, le vigile était dans le coup.

Boris tira sur sa cigarette :

— À moitié seulement, patron. Le dénommé Marius Renard croyait sincèrement qu'Alain Lévêque tournait des films pornos « normaux », si j'ose dire. Il n'était pas au courant pour les meurtres.

— N'empêche, intervint Brichot, qu'il a plongé pour complicité involontaire d'homicide et recel d'informations... puisqu'il nous a menti en affirmant qu'il ne savait rien.

Charlie Badolini soupira longuement. Il eut un geste nerveux en direction du tiroir de son bureau, celui où « dormait » une cartouche neuve de Job Spéciales, ses cigarettes corses préférées. Puis se ravisa.

— En tout cas, fit-il, il fallait qu'il connaisse drôlement bien le pays, cet Alain Lévêque, pour aller dénicher ce gouffre à deux cents kilomètres du Cap d'Antibes, où il a jeté les deux premiers cadavres...

Un sourire éclaira le visage de Corentin :

— Les vieux soixante-huitards, patron. Les anciens baba-cools... Les parents d'Alain Lévêque appartiennent à cette génération. Dans les années 1970, ils vivaient avec leur fils dans une communauté installée dans la région. Rien d'étonnant à ce que le gamin ait appris à la connaître comme sa poche.

Charlie Badolini eut un petit sourire en coin à l'évocation de cette joyeuse époque. Lui, en 1968, il était déjà dans la police…

— Au fait, fit-il en contournant son bureau et en allant à la fenêtre respirer l'air estival, Alain Lévêque a livré tous les codes d'accès Internet de son réseau de films interdits, ainsi que les noms de ses contacts en Asie et de ses principaux clients. On a transmis tout ça à nos collègues de Singapour. J'espère qu'ils en feront bon usage...

— Sait-on jamais, patron, fit Boris en se levant, imité par Aimé.

— Vous partez déjà ? fit Badolini avec une pointe de regret dans la voix.

— Eh oui, patron, sourit Corentin. Un avion à prendre pour Nice. Nous avons une petite visite de courtoisie à faire. À monsieur Édouard Fernbach. Quelques petites choses à mettre au point avec lui.

Une expression paniquée passa sur le visage rond de Badolini.

— Édouard Fernbach ! lança-t-il. Mais c'est un très gros morceau ! Il a des amis partout ! Et en très haut lieu, si vous voyez ce que je veux dire. Je vous en prie, Boris...

— C'est promis, patron, l'interrompit Corentin, qui savait déjà ce que son chef allait dire : on marchera sur des œufs.

*

* *

La Volkswagen de location s'arrêta devant les hautes grilles de la villa du Cap d'Antibes. On était au tout début du mois de juillet et le tournage de « Cœurs en été » (pour lequel la chaîne avait engagé un nouveau réalisateur) avait abandonné les lieux à leur légitime propriétaire.

Corentin descendit de la voiture et se présenta au gardien en demandant à voir monsieur Fernbach.

— Il ne peut pas refuser de nous recevoir, dit-il d'un ton ferme.

Le gardien décrocha son téléphone intérieur et, presque aussitôt, hocha la tête en signe d'approbation. La grille s'ouvrit et la voiture s'avança jusqu'au perron de la villa.

Boris Corentin et Aimé Brichot en descendirent, escortés par Sylvette Lacaze, alias Natacha Valdi. Boris tenait à mettre en présence la jeune femme et celui qui, par son silence coupable, avait failli causer sa mort.

Par la porte-fenêtre grande ouverte, ils pénétrèrent dans le grand salon qu'ils connaissaient bien.

Il était vide, et Boris inspecta machinalement les lieux d'un regard circulaire.

Soudain, quelque chose le frappa et il se précipita vers une grosse commode, apparemment de facture ancienne.

— Bon Dieu, Mémé, s'écria-t-il, je viens de trouver ce qui clochait dans ce décor ! Tu sais, ce qui m'avait turlupiné la première fois, sans que je sache au juste quoi ?

— Eh bien ? fit Brichot en s'approchant.

Boris souleva sans difficulté la commode qui, à la voir, aurait dû peser des tonnes :

— Regarde ! C'est une fausse !

Il se dirigea vers un Picasso accroché au mur et le retourna. Derrière, la toile avait l'air de sortir de chez le marchand de couleurs.

— Faux, lui aussi ! fit-il. Pareil pour les amphores et les statues soi-disant antiques. C'est ça qui faisait « pas vrai » dans ce décor, Mémé ! Cette accumulation de faux !

— Quant aux vrais meubles, et aux vrais tableaux, fit Brichot, je suppose qu'ils sont...

— En dessous ! compléta Corentin. Fernbach est tellement jaloux des pièces rares qu'il possède qu'il a fait faire des faux de tous les objets de valeur qu'il possède et les a planqués au sous-sol, où il est le seul à pouvoir en profiter !

— Du coup, fit sombrement Natacha, c'est le décor le plus authentique dans lequel j'aie jamais tourné.

La voix d'Édouard Fernbach les interrompit. Elle venait de quelque part dans la villa :

— Vous connaissez les lieux, messieurs, je crois : inutile de vous indiquer où se trouve mon bureau...

Ils s'y dirigèrent en effet sans hésiter.

Édouard Fernbach était installé derrière sa table de travail. Son visage éléphantesque se fendit d'un large sourire en constatant que Corentin et Brichot étaient accompagnés d'une jeune femme. Ravissante, de surcroît.

— Enchanté de vous accueillir, mademoiselle, fit-il en se levant. Vous êtes de la police, vous aussi ?

— Non, fit sobrement Natacha.

— Je tenais à ce que vous rencontriez cette jeune femme, lâcha Corentin d'une voix glaciale : elle a failli mourir à cause de vous.

— Pardon ? fit Fernbach en se rasseyant sous l'effet du choc.

— Parfaitement, enchaîna Boris. Et deux autres sont mortes. Si, dès notre première visite, vous nous aviez révélé l'existence de votre villa souterraine, nous aurions au moins pu sauver la deuxième.

Derrière son bureau, Édouard Fernbach se tassait de plus en plus sur lui-même. Comme s'il avait décidé de disparaître.

— Je suis désolé, marmonna-t-il avec une expression pitoyable. Mais vous comprenez, je ne voulais révéler à personne l'existence de mon abri anti-atomique.

— Votre abri anti-atomique ? fit Brichot.

— Oui... Souvenez-vous... dans les années soixante, en pleine guerre froide, on vivait dans la crainte permanente d'un conflit nucléaire. Tous ceux qui en avaient les moyens se faisaient construire des abri anti-atomiques...

— Et vous vous êtes amusé à faire construire le vôtre à l'identique de votre villa, fit Boris.

Fernbach haussa ses lourdes épaules :

— En effet, fit-il. Ça m'amusait.

— Ça vous amusait aussi de nous mentir et de nous mener en bateau, poursuivit sévèrement Boris. Ça vous amusait de nous voir tourner en rond, à chercher quelque chose dont vous connaissiez parfaitement l'existence ! Nous vous avons montré la vidéo, en plus ! Et au lieu de nous aider, non seulement vous avez pris un malin plaisir à nous regarder patauger, mais vous avez poussé le cynisme jusqu'à nous demander de vous laisser la cassette !

Corentin s'approcha du bureau de Fernbach, s'empara d'une chaise et s'assit, face à lui, les coudes sur le plan de travail, le fixant d'un regard dur.

— Monsieur Fernbach, dit-il, vous êtes un homme riche, puissant, vous êtes à la tête de plusieurs entreprises multinationales, vous possédez un hôtel particulier, une villa luxueuse, des domaines immenses en Amérique du Sud... Pouvez-vous me dire franchement, entre quatre yeux, ce qui vous a tellement amusé dans tout ça ?

Le milliardaire releva lentement la tête vers Corentin et un pauvre sourire se dessina sur ses lèvres.

— Vous avez dit le mot, monsieur : pour m'amuser. Par jeu. J'ai toujours été joueur. Alors, j'ai eu envie de jouer, une fois de plus.

Il soupira et ajouta :

— Cette fois, le jeu a mal tourné, c'est tout.

Reprenant soudain du poil de la bête, il défia

Corentin d'un regard qui retrouvait un semblant d'assurance :

— Je vous le répète, je suis désolé, mais ne vous faites pas d'illusion, vous ne pouvez rien contre moi ! D'abord parce que je ne suis ni coupable ni même responsable de ces crimes. Ensuite parce que, vous venez de le dire: je suis riche, puissant, et j'ajouterai que j'ai des relations haut placées. Plus haut placées, même, que vous ne pouvez le soupçonner !

Corentin quitta son siège et se dirigea vers la porte. Il s'arrêta à mi-chemin et toisa durement son interlocuteur :

— C'est fini, ce temps-là, monsieur Fernbach. Nous ne sommes plus sous la IVe République, où les grands patrons donnaient leurs ordres à Matignon. Aujourd'hui, n'importe qui peut se retrouver en prison. Vous y compris. Et c'est bien ce qui risque de vous arriver. Si nous sommes venus vous voir, c'est également pour avoir le plaisir de vous annoncer que vous ne couperez pas à une mise en examen pour complicité de meurtre. J'espère que vous avez d'excellents avocats.

— Les meilleurs, fit froidement Ferbach.

— Tant mieux, dit Boris, parce qu'il faudra qu'ils se surpassent. Et même s'ils vous faisaient acquitter, la presse se chargera de vous démolir à jamais. Vous êtes fini, monsieur Fernbach. Adieu.

— Un peu théâtrale, ta sortie, mais très réussie quand même, ironisa Aimé Brichot quand ils se retrouvèrent tous les trois dans la Volkswagen.

— Bon, dites donc, fit « Natacha », installée sur la

banquette arrière, c'est pas tout ça, mais si on se faisait une petite bouffe sympa, ce soir. Vous ne reprenez l'avion que demain, je crois ?

— En effet, acquiesça Boris.

— Eh bien, j'ai décidé de vous inviter tous les deux à dîner. Et pas n'importe où : chez moi. Vous allez voir : je suis la reine du couscous !

— Oh, non ! gémirent ensemble Boris et Aimé. Pas de couscous, par pitié !

— Vous n'aimez pas ça ? demanda Natacha avec une mine navrée.

Les deux hommes éclatèrent de rire.

— Si, fit Corentin, on adore ça. Mais disons que le couscous... on vient d'en avoir une petite indigestion.

Sans se démonter, Sylvaine Lacaze, alias Natacha Valdi, se pencha en avant et entoura de ses bras le torse musclé de Boris. Puis elle colla ses lèvres charnues à son oreille et murmura :

— C'est pas grave. Des spécialités, j'en ai d'autres... Beaucoup d'autres...

Achevé d'imprimer en mai 2000
sur les presses de l'Imprimerie Bussière
à Saint-Amand (Cher)

VAUVENARGUES - 14, rue Léonce Reynaud - 75116 Paris
Tél. : 01-40-70-95-57

— N° d'imp. 1223. —
Dépôt légal : juin 2000.

Imprimé en France